LA

MAITRESSE DU MAIRE

TOME SECOND

PARIS. — TYP. TOLMER ET ISIDOR JOSEPH,
rue du Four-Saint-Germain, 43.

LES DRAMES CONTEMPORAINS

LA MAITRESSE DU MAIRE

HISTOIRE TRÈS-DRAMATIQUE DE CE TEMPS-CI

PAR A. HALNARE

DIRECTEUR LITTÉRAIRE DU *Causeur de Paris*, AUTEUR DES *Drames de l'histoire*

TOME SECOND

TROISIÈME PARTIE

UNE COURTISANE

AVERTISSEMENT DE LA TROISIEME PARTIE

Nous allons nous retrouver ici au milieu des situations que la première partie de cet ouvrage avait bien déterminées. Nos personnages vont reparaître dans leur rôle d'actualité.

Mais il n'était pas possible de passer outre sans faire connaître quelques-uns des principaux types qui dominent dans ce drame, et notre seconde partie, maintenant terminée, fera excuser ses longueurs, si, d'un côté, elle nous a permis de bien faire connaître certaines origines et, d'un autre côté, de prouver, par quelques incidences, la portée morale qui doit avant tout ressortir de cette œuvre.

On a entendu parler, on va voir agir la débauche, le cynisme et le crime; voilà pourquoi nous voulions avant tout prémunir les esprits trop jeunes, contre les apparences du récit, et leur montrer, à côté des passions audacieuses ou du vice passagèrement triomphant, des exemples tirés de la vie de chaque jour, et leur démontrer que c'est à la sévérité même de nos sentiments et de notre conduite à tous que nous devons tendre, parce que la chute et la honte sont, malgré tout, au bout de chaque défaillance, l'ignominie au terme de toutes les situations fausses, ou étayées par le crime ou dorées par le mensonge.

Certes, nous allons assister dans cette troisième partie à ce que nous nous permettrons d'appeler le carnaval du vice, et il pourrait sembler à quelques-uns que, pourvu qu'on soit habile, tout est bien qui finit bien dans ce monde. C'est là qu'est le piége pour les intelligences superficielles, mais nous les renverrons au dénoûment du drame et si cette troisième partie n'offre rien de poignant ou de triste, plus tard nous verrons s'il y a une justice et un châtiment pour les calculs criminels et pour les défis les plus téméraires.

BERTHE

TROISIÈME PARTIE

UNE COURTISANE

I

Raymond d'Aspis était arrivé à Paris.

C'était le premier jour de mars, et à l'heure matinale de l'express il faisait encore nuit.

Un élégant coupé bleu l'avait attendu à la gare et il s'y était trouvé dans l'adorable compagnie et dans les bras de sa maîtresse.

Ce que furent entre les deux amants les premières heures d'expansion, et cette longue matinée qui se prolongea jusqu'au soir dans la ravissante demeure de Berthe, un fort joli et confortable hôtel particulier, le lecteur le devine et le roman pourra dès lors se dispenser de quelques pléonasmes.

Il s'agissait bien, en ce premier jour d'enlacements, d'abandon et de baisers, de l'alerte extraordinaire du château de Trois-Chemins qui avait troublé et avec tant de raison le jeune maire de Saint-Devil !

Sans avoir oublié M. Guy Roger, Raymond n'y pensait plus en ces moments-là, et Louvard était sa moindre préoccupation... Le forçat évadé pouvait bien attendre en sa cellule provisoire de la maison centrale de Manville !

La sirène avait de magiques charmes pour retenir et enivrer son amant !

Sa beauté, sa pleine jeunesse, son esprit, sa rare élégance, tout en elle était séduction, éclat ; et Raymond, entraîné vers cet irrésistible aimant, s'oubliait, éperdu d'amour, dans un amour qui certes lui était rendu au moins avec toute la volonté des sens, car une maîtresse comme celle-là qui n'aime généralement personne n'a à la place du cœur qu'un livre de calcul...

Le sentiment leur est chose puérile et un danger pour les attraits !...

Mais il faut le dire, si au fond son amante était de celles qui ne se fussent pas désespérées sur sa tombe prématurément ouverte, elle était femme à faire violence à son indifférence native et à se donner tous les dehors de l'amoureuse constante et passionnée...

Et si l'amour enfin avait dû triompher de cette glace qui ne fondait qu'extérieurement, Raymond seul aurait eu le mérite et les avantages de la victoire...

C'était beaucoup.

Et comme le châtelain de Trois-Chemins était loin de songer à l'indifférence réelle de son adorée ; qu'il prenait, au contraire, les silences langoureux, les molles attitudes, les soupirs prolongés de sa maîtresse pour des manifestations intimes de l'amour le plus intense, et qu'enfin il profitait de tout ce que peut donner la femme qui sait l'art de la passion, Raymond n'en demandait pas davantage et il se flattait d'être la cause et le but d'un attachement auquel, pour sa part, il était résolu à sacrifier sa fortune, sa vie et si Berthe l'eût exigé... son nom !

II

Berthe, appelée madame de Césarée dans son monde d'admirateurs et d'adorateurs platoniques, était en 1863 une des reines de ce demi-monde élégant qui a tant brillé dans les dernières années du second empire.

Une des reines ? Elle en était la reine !

Elle habitait ces nouveaux quartiers de Friedland et de Monceau qui convergent à l'Étoile par d'admirables avenues et elle était propriétaire d'un somptueux retiro, un hôtel que toutes les ressources de l'art et toutes les prodigalités du luxe avaient fait baptiser « l'écrin de Vénus ».

Sa cour était nombreuse.

Elle était du reste de tous les rendez-vous élégants du *Tout-Paris*, des premières d'Augier, de Feuillet, de Sardou et de Dumas fils; des redoutes d'Arsène Houssaye, des petits soupers de Grammont-Caderousse où plus d'un héritier royal accourait de loin comme à une fête d'élus... Quelquefois, mais rarement, car elle avait horreur des promiscuités les plus éloquentes, elle paraissait au Bois, aux après-midi les plus aristocratiques, plutôt comme pour donner l'air et le ton à son équipage de mille louis que pour se montrer elle-même, car alors c'était la promeneuse diaboliquement belle et jolie, mais sobrement parée...

C'étaient les jours de ses plus étourdissants succès, car elle attirait l'attention de tous et de toutes, et si quelque jalousie se manifestait quelque part dans le vrai monde élégant, cette jalousie partait de haut et elle n'avait rien de méprisant.

Alors le soir, accouraient en foule les nobles habitués, et le choix des privilégiés avait été un de ses plus habiles calculs. Rien n'était donné au hasard des rencontres, c'est-à-dire à ces figures nouvelles qui surgirent dans notre monde à la suite des présentations banales dans tel salon ou dans telle loge. Autant que cela peut s'écrire, la société de Berthe était sévèrement choisie...

Avec un rare instinct de prudence elle avait été particulièrement hospitalière aux plus grandes situations officielles d'alors...

Non pas qu'on pût dire, de cette préférence, qu'elle appartenait de près ou de loin aux coulisses politiques de l'Empire; non point, encore, qu'on pût se hasarder à lui désigner un plus heureux privilégié parmi ces assidus du monde gouvernemental; mais il n'en était pas moins vrai qu'elle passait, en conservant son franc-parler avec tous, en ne désespérant mais en ne comblant personne, à avoir une influence sans égale, et elle était comme un rayon de soleil oublié dans l'éclaircie et autour duquel venaient voltiger tous les papillons ambitieux et même ceux qui se contentent d'accourir à ce qui brille et de faire nombre, cortége et chœur à la puissance ou au succès.

Les préfets de l'Empire — quelques-uns, du moins, et des plus avisés — n'avaient garde d'oublier le salon de Berthe de Césarée.

Une fois qu'ils avaient été bien et dûment présentés et accueillis, ils étaient, à leur passage, des mercredis de l'élégante, et les candidats au Corps législatif ne manquaient pas de s'y rencontrer avec leurs grands électeurs...

III

Mais pourquoi ce nom de *Césarée?*

Ah! c'était un petit roman de chevalerie.

Un soir, dans les premiers temps de l'apparition de cette étoile du grand demi-monde, un cercle de soupirants, c'est le mot, se trouva réuni dans les salons du nouvel hôtel de Berthe, à la crémaillère.

Quelqu'un fit remarquer qu'un noble gentilhomme, ruiné, puisqu'il n'avait plus qu'une maigre pension alimentaire servie par des collatéraux, un gentilhomme de race puisqu'il remontait authentiquement aux Croisades, était tout prêt à déposer son blason aux pieds de l'enchanteresse.

— Et pourquoi pas? répliqua, piqué au vif, le descendant des Croisés.

— Les premières armes de nos ancêtres ont été Césarée, mon cher chevalier, — car je ne vous appellerai plus que mon chevalier! — fit Berthe en souriant et en tendant ses jolis doigts roses au vieux gentilhomme... Hé bien, chevalier, laissez ici votre écusson de Césarée et plus tard vous déciderez pour l'autre titre, votre nom enfin qui fut la couronne de vos aïeux!

— Ah! c'est bien dit, cela, madame! et va pour ce soupirant de Césarée et pour la belle

Césarée! Je maintiens et ne renie pas! ce fut une de nos devises...

Et, sur ces mots, le gentilhomme s'était retourné vers le railleur comme pour le défier; mais personne n'osa contredire à ce qui commença par une plaisanterie pour finir par une déclaration tout à fait originale et, en apparence, fort sérieuse.

L'incident courut les clubs; le mot en resta et le nom fut hardiment porté par Berthe, et d'autant plus facilement, que le monde de ses courtisans croyait à une prochaine folie du vieux gentilhomme: chacun se disait que la loi civile et religieuse consacrerait la gloire de Berthe. D'autres exemples, mais plus fâcheux, s'étaient produits. On devait donc s'attendre à tout.

A quelque temps de là, le vieux gentilhomme mourut subitement. Était-ce d'amour? on l'ignore. Berthe passa pour avoir perdu la perspective d'une noble alliance et d'une noble couronne.

Voilà pourquoi son nom — donné par sénilité chevaleresque, sans doute, mais conquis par elle par l'esprit de l'a-propos, — lui fut conservé, sans nulle raillerie désormais. Il fut salué par tous et par ceux-là mêmes qui appréhendèrent un instant d'avoir à l'appeler officiellement par un plus haut titre.

IV

Berthe était de plus une amazone consommée.

Comment avait-elle appris à devenir l'élégante écuyère qu'on admirait tant sur la pelouse de Longchamps et que les plus grands noms du *high-life* allaient saluer les jours de Chantilly et à la fête du *grand prix* de Paris?

Nous le saurons plus tard sans doute, car nous essaierons de suivre cette éducation extraordinaire qui, rudimentaire au Pavillon Vert de Grenelle, se développe et éclate si brillante à l'hôtel de Césarée.

En attendant elle fait *florès*, selon l'expression vulgaire, et elle recueille tous les jours les hommages du *Club*, du *Jockey-Club*, devrions-nous dire.

Et à ce propos, qu'on nous permette avec l'élégant écrivain de la *Vie parisienne* une monographie des cercles de Paris où l'on parlait chaque soir de Berthe.

D'abord le cercle de *l'Union*.

C'est le cercle du corps diplomatique et des étrangers de distinction. Y sont admis, en outre, les gentilshommes représentant la fine fleur de l'aristocratie et professant des opinions suffisamment cléricales et suffisamment rétrogrades pour n'effaroucher point les burgraves du noble faubourg qui ont fait de *l'Union* leur centre d'opérations.

La majorité du club a passé la cinquantaine. C'est tout au plus si quelques hommes d'un âge moins respectable, réunissant toutes les conditions de naissance, de fortune, d'opinions, de position sociale requises en pareil cas, et à qui il ne manque que la sanction de cette haute dignité mondaine, sont admis à pénétrer dans l'arche sainte. Encore ne fréquentent-ils guère le club, qui n'est pas — il faut l'avouer — des plus folâtres.

Rien de plus difficile que d'être reçu à *l'Union*, pour un Français du moins. Rien de plus calme, de moins vivant, de plus monotone que l'existence qu'on y mène. Et, pourtant, tel est le prestige de ce cercle éminemment aristocratique, et un des moins nombreux, à coup sûr, et des mieux choisis de Paris, que lorsqu'un des rois de la mode et de l'élégance semble être arrivé à l'apogée du *chic* et du succès, il n'a plus d'autre idée, plus d'autre ambition que de se faire *sacrer* membre de *l'Union*.

Le roi Louis XVIII disait : « Les Français sont démocrates, mais ils veulent tous être barons. » Dans le même ordre d'idées, il n'est pas un Parisien un peu lancé qui ne fût

Les jours du bois de Boulogne, de Berthe.

extrêmement flatté de faire partie du cercle de *l'Union*, tout en déclarant, bien entendu, qu'on s'y ennuie à périr.

Entre l'*Union* et le *Jockey*, la nuance n'est pas très-grande ; mais elle existe cependant. Tel est à sa place dans le dernier de ces clubs, qui ne pourra jamais être reçu au premier. Et s'il suffit à la rigueur, pour être membre du Jockey-Club, d'appartenir au monde élégant ou d'être un sportsman consommé, il faut, pour entrer au cercle de l'Union, une grande situation, un grand nom, des attaches directes ou indirectes avec la coterie qui continue, on ne sait pourquoi, à se parer du titre de faubourg Saint-Germain, ou une très-grande notoriété à l'abri de tout soupçon.

V

Ah ! nous voici au Club, c'est-à-dire au Jockey-Club :

Le Jockey-Club est certainement, de tous les cercles parisiens, le plus en évidence, le plus en vogue, le plus discuté, le plus envié, le plus décrié, le plus exalté et le moins connu du vulgaire, qui en parle constamment.

Ce que le bourgeois a débité et débite encore d'insanités sur cette brillante assemblée ; ce qu'on a fait circuler d'anas, de bruits absurdes et de naïvetés à l'endroit de ses membres, de son organisation, de sa composition, est inimaginable. Depuis l'opinion généralement répandue chez les portiers de bonne maison et qui consiste à croire que, pour se présenter au Jockey, il faut tout d'abord justifier de cinquante mille livres de rente, jusqu'aux anecdotes scandaleuses qui courent les rues et ont fini par persuader aux honnêtes mères de famille de province que les salons de la rue Scribe étaient une manière de Tour de Nesle moderne où venait sombrer la vertu d'un nombre incalculable de grandes dames, rien n'a manqué à l'histoire inauthentique de cette réunion de gentlemen.

La vérité est que le Jockey-Club est avant tout une association de sportsman, établie en vue des courses.

Le Cercle et la Société d'Encouragement pour l'amélioration de la race chevaline ne font qu'un, ou, pour mieux dire, celui-là a été la conséquence de celle-ci. Cette connexité est la principale cause du prestige conquis par le Jockey-Club, la vraie raison de son importance, de sa prospérité constante, de la solidité des garanties et des conditions de durée qu'il présente, à l'exclusion de tous les autres cercles.

Fondé, à une date très-reculée, par l'élite des sportsmen de ce temps-là, tels que le duc de Nemours, le comte de Cambyse, M. Ernes, Leroy, M. Charles Laffitte, etc., le Jockey a été entouré dès ses débuts d'une auréole d'élégance qui ne l'a jamais abandonné depuis. Il a été constamment le rendez-vous de la coterie la plus brillante, la plus riche et la plus à la mode. C'est là que se sont conservées les traditions de la *fashion*, de là que sont sortis tous les viveurs célèbres, tous ceux qui ont marqué dans le *high-life*, dans la vie à grandes guides, aux différentes périodes de la société parisienne.

Avant d'occuper l'appartement princier d'aujourd'hui, le Jockey-Club a parcouru différentes étapes. Placé, à sa fondation, à Tivoli, dans un local relativement restreint, puisqu'il n'était destiné à contenir que douze membres, il s'établit plus tard rue Drouot, puis rue de Grammont, dans les salons occupés à présent par le cercle des Deux-Mondes, et enfin, en 1863, il fut transféré au coin de la rue Scribe et du boulevard, où il est encore.

Rien de plus beau, de plus vaste, de plus confortable, de plus luxueux que les appartements actuels du Jockey. Mais ce ne sont, à tout prendre, que des appartements loués pour un temps plus ou moins long, et un cercle comme celui-là, composé de plus de 700 membres et, sans contredit, le plus riche de Paris, devrait avoir un hôtel à lui, un hôtel entre cour et jardin, avec toutes les recherches du luxe et de l'élégance la plus raffinée.

A plusieurs reprises déjà, il a été question de l'acquisition d'un immeuble; mais, soit que l'on n'ait pu tomber d'accord sur un aussi grave sujet, soit par la difficulté de trouver un emplacement convenable et suffisamment central, aucune décision n'a été prise encore.

Le Jockey-Club, en somme, se compose de out ce que Paris renferme de plus brillant, de plus élégant, de plus distingué en hommes de plaisir et de sport; plus, d'un certain nombre de noms aristocratiques sans grande notoriété qui forment le fond du tableau. Les sommités de l'armée, de la politique, de la diplomatie, voire même de la finance, en font partie, et toutes les opinions, — sauf la radicale, cela coule de source, — y sont représentées.

Il devient de moins en moins facile d'être admis au Jockey. Si l'on est très-connu, c'est presque impossible, et plus d'un jeune seigneur, digne de figurer sur la liste, s'est vu évincer pour la coupe de ses favoris, la forme de ses voitures, la nuance de ses pantalons, la manière de porter son lorgnon, ou pour une *histoire de femme.*

Inutile, d'ailleurs, de chercher à calculer d'avance les chances de tel ou tel candidat, ou de vouloir pénétrer les causes de l'admission de celui-ci et de l'exclusion de celui-là. Cela dépend de la température, de l'humeur de ces messieurs, quelquefois d'une cabale qui remonte au *blackboulage* d'un candidat sympathique à une coterie influente, et presque toujours de circonstances insignifiantes et indépendantes du mérite de celui qui affronte le ballottage. Il serait facile d'indiquer ceux qui ne seront jamais du Jockey, mais il est absolument impossible de reconnaitre et de désigner les élus.

Le Jockey n'est pas un cercle de jeux. On y cultive surtout le whist qui, à certaines tables, — celles de la *grosse partie*, — se joue très-cher, c'est-à-dire à un louis la fiche et cinq louis de pari en dehors. Feu le baron James de Rothschild était un des assidus de ce whist-là.

Après cela, vient le quinze, un peu démodé dans ces dernières années, et le bézigue, qui fait rage comme partout. Peu ou point de baccarat; quelques parties de loin en loin, se chiffrant par des différences relativement très-modérées, et c'est tout. Le père, comme vous voyez, peut en permettre l'entrée à son fils.

En revanche, on y cause naturellement beaucoup sport et chevaux. La question courses est constamment à l'ordre du jour. C'est là aussi que convergent toutes les nouvelles parisiennes, les petits cancans de salons et les bruits de coulisses, surtout ceux de l'Opéra, où les membres du Jockey-Club ont, comme on sait, cinq ou six loges à l'année.

Naguère, la bouquetière Isabelle, portant les couleurs du vainqueur du *Derby*, se tenait au bas du grand escalier, dans sa niche Pompadour en velours ponceau; elle faisait bien des envieuses parmi les aspirantes à la dignité de fleuriste ordinaire de ces messieurs et bien des jaloux dans les clubs voisins, secrètement dépités de n'avoir pas, eux aussi, une bouquetière attitrée. Mais le Jockey a cru devoir se séparer de sa protégée. Le fourreau Pompadour est aujourd'hui veuf de son contenu, et il ne sera probablement jamais plus habité...

VI

M. Raymond d'Assis faisait partie du Cercle impérial.

Celui-là est, à coup sûr, le club le plus confortable, le plus commode et l'un des plus agréables qui se puissent imaginer. L'emplacement exceptionnellement central et gai qu'il occupe dans le plus beau quartier de Paris au coin de l'avenue Gabriel et de la rue Boissy-d'Anglas, suffirait à le rendre attrayant ; mais il a bien d'autres charmes. Cette terrasse d'où la vue embrasse la place de la Concorde et les Champs-Elysées et d'où l'on peut, en fumant son cigare, assister au défilé du tout Paris élégant ; cet hôtel merveilleusement aménagé avec ses appartements au second étage pour les membres du cercle et ses coquettes salles à manger où ils ont la possibilité de recevoir à dîner leur famille, leurs amis et quelquefois aussi.... leurs amies, sont autant d'éléments de confort, autant de petites douceurs que l'on chercherait en vain dans tout autre cercle parisien et qui contribuent singulièrement à agrémenter l'existence.

Et puis, il faut bien le dire, une grande camaraderie règne parmi les membres du Cercle impérial. Les habitués sont tous plus ou moins liés ensemble, et forment en quelque sorte une famille, bien qu'ils n'appartiennent pas tous au même milieu social où à la même opinion politique ; car, en dépit de son étiquette, le club de la rue Boissy-d'Anglas est loin d'être exclusivement composé de bonapartistes.

Au début, il est vrai, il avait été fondé sous un patronage officiel, et l'élément militaire et administratif y dominait. Mais depuis, il s'est transformé et, s'il est resté un noyau datant de la fondation, la haute finance, les gros joueurs et les grands spéculateurs forment actuellement la majorité. C'est dire que la politique y a beaucoup perdu de son importance.

Nous sommes ici dans le temple du Baccarat. Une partie quotidienne et régulièrement installée fonctionne sans interruption pendant huit mois de l'année. Les différences sont considérables et le jeu est la principale préoccupation du plus grand nombre des habitués.

Aussi ces Messieurs sont-ils généralement moins sévères pour l'admission que leurs collègues des cercles dont il a été déjà parlé. Il faut leur rendre cette justice que, tout en se montrant suffisamment difficiles sur le choix des nouveaux membres, ils procèdent ordinairement avec plus de discernement et de mesure qu'on n'a coutume de le faire dans les autres grands clubs et qu'un esprit plus large semble présider à leurs décisions.

Il leur est arrivé, cependant, d'avoir des moments de mauvaise humeur et de refuser de parti pris certains candidats qui paraissaient taillés pour être des leurs. Mais ces exécutions sont si peu nombreuses que ce n'est pas la peine d'y insister.

VII

Raymond d'Aspis n'avait pourtant rien de plus pressé que d'intéresser son monde d'influences officielles ou d'influences intimes au succès de ses démarches en faveur de Louvard.

Il voulait délivrer Louvard.

Il racontait même au sujet de ce dernier des histoires invraisemblables au sujet de forçats qui avaient été injustement retenus sous la chiourme et dans les cercles couraient des légendes propagées habilement par Raymond, légendes semblables à celle-ci et que la plume de Camille Debans à su rendre pathétiques.

Car nous le répétons, le maire de Saint-Devil voulait à tout prix sauver Louvard.

Et Berthe lui avait demandé de mettre tout en œuvre pour arriver à ce but.

Quelle pouvait donc être cette histoire du forçat martyr ?

Écoutons la légende :

Le récit qu'on va lire pourrait s'appeler aussi l'histoire d'un maudit.

Vers la fin de décembre 1813, un homme se présentait au commandant de place du Wesel, en Prusse, et lui demandait les ressources nécessaires pour rejoindre le corps d'armée dont il prétendait faire partie.

— Comment vous appelez-vous? lui demanda l'officier supérieur.

— Dubois (François).

— Dans quel régiment avez-vous servi ?

— Dans les chasseurs à cheval.

— Comment se fait-il que vous n'ayez pas suivi l'armée?

— Pendant la retraite, j'ai été démonté. Une fois à pied, je suis naturellement resté en arrière, et je crains tellement d'être porté déserteur, qu'en arrivant ici, avant même d'avoir rien pris, je suis venu vers vous pour que vous régularisiez ma situation

L'homme qui s'exprimait ainsi était couvert de vêtements sordides. Hâve, se soutenant à peine, il avait plutôt l'air d'un mendiant que d'un soldat. Mais à la fin de cette désastreuse année 1813, à l'heure où la grande armée des coalisés pénétrait en France par deux frontières, on ne s'étonnait pas de voir un grenadier vêtu de haillons ou un cavalier déguisé en porte-besace.

Dubois montrait une bonne volonté, on peut même dire une ardeur si vive, que le commandant de place de Wesel, sachant trop combien Napoléon avait besoin d'hommes, le fit incorporer sans délai dans les hussards de la garde du roi de Westphalie.

Dès le lendemain, il allait rejoindre l'armée du maréchal Mortier.

A peine arrivé, Dubois se fit remarquer par un courage qui frisait la témérité. On eût juré qu'il allait de gaité de cœur au-devant de la mort.

Quand on le félicitait sur sa bravoure, il disait tristement :

— Qui ne se conduirait comme moi pour la défense du sol sacré de la patrie?

Et le lendemain, car on se battait presque tous les jours, le lendemain, il faisait de nouveaux prodiges de valeur.

A la bataille de Bar-sur-Aube, Dubois qui, jusque-là, semblait invulnérable, se couvrit de gloire sous les yeux mêmes du duc de Trévise. Son régiment ayant été chargé d'enlever une batterie établie par l'ennemi au pont du Bout-de-Lain, notre hussard, dans un élan incroyable, sauta au milieu des canonniers ennemis, sabra tout à droite et à gauche, et s'empara d'une pièce de canon avant que ses camarades, éblouis de tant d'audace, songeassent à achever de mettre en fuite les derniers défenseurs de la batterie.

Le maréchal Mortier avait vu ce fait d'armes. Il fit venir Dubois, lui demanda son nom, le félicita et lui donna l'assurance qu'il ne serait pas oublié dans la liste des récompenses.

Le hussard, que d'ailleurs personne n'avait encore vu sourire, secoua la tête à cette promesse, et s'en retourna silencieusement à son rang.

Il se préparait à d'autres exploits lorsque le maréchal eut besoin d'un soldat intrépide pour une mission dangereuse. Il s'agissait de porter une ordonnance du quartier général de Troyes, à l'empereur qui était alors à Piné, route de Brienne. Mortier se souvint de lui, le fit appeler et l'envoya.

Il accomplit avec un rare bonheur et une intelligence plus rare encore la mission qu'il avait reçue.

Se glissant à travers les éclaireurs ennemis, à portée desquels il se trouva plus de vingt fois, et dont il essuya le feu à diverses reprises, Dubois arriva à bon port et remit la lettre dont il était porteur à Marmont.

Napoléon le fit alors venir, l'interrogea, lui demanda quelques renseignements, et le chargea d'une réponse pour Mortier. L'officier qui la remit à Dubois lui dit :

— Où allez-vous la placer ?

— Dans ma sabretache.

— Non, car il faut qu'on ne puisse la trouver au cas où vous viendriez à être pris par l'ennemi. Le sort de l'armée en dépend.

Dubois plaça alors la lettre dans la doublure de sa botte, puis il partit.

Arrivé au moulin de Sancière, près de la Belle-Épine, il vit venir à lui une forte escouade de Cosaques. Dubois ne pouvant espérer de venir à bout d'une vingtaine d'hommes à lui tout seul, se retourna pour s'assurer si la fuite était possible.

Mais il dut renoncer à cet espoir en voyant derrière lui, à droite et à gauche, des cavaliers ennemis qui s'avançaient et exécutaient toute une manœuvre pour cerner cet homme isolé.

Alors il piqua des deux et s'élança au triple galop vers les Cosaques qui lui barraient le chemin. Le choc fut terrible. Dubois, qui avait mis le sabre à la main, se défendit comme un lion, tua deux ennemis, en blessa deux autres, reçut lui-même plusieurs coups de sabre et finit par être écrasé. Lorsqu'on le désarma, il y avait une demi-heure qu'il se défendait contre un nombre étonnant de cavaliers.

Conduit au quartier-général russe, il fut interrogé. On lui demanda quel était l'objet de sa mission.

— Je suis porteur d'un ordre verbal, dit-il.

— Vous mentez, lui répondit un officier supérieur, vous êtes chargé d'un écrit.

— Je vous jure...

— Qu'on le fouille.

Dubois, déshabillé par les Cosaques, ne fut pas peu surpris de voir que les premières recherches furent faites dans ses bottes, d'où il conclut que la plus lâche des trahisons avait éclairé l'ennemi et sur la route qu'il devait suivre, et sur le secret de sa cachette.

Interrogé le lendemain par l'empereur Alexandre, Dubois, qui répondit aux questions du czar le mieux qu'il put, sans compromettre le sort de son pays, fut confié comme prisonnier à la garde autrichienne, en compagnie de M. Auguste Bernard, courrier de l'empereur, et de M. Auger, lieutenant des lanciers de la garde, pris la veille également.

A Saint-Mars, Dubois parvint à s'évader avec M. Auger. Quelques jours après, il rejoignait son régimemt. Le duc de Trévise lui fit donner une récompense, et il reprit son service.

Blessé grièvement à la bataille de Bergère, où il accomplit de véritables folies de bravoure, notre hussard fut mis en subsistance dans le corps du duc de Bellune.

VIII

On était à la fin de mars. Napoléon, après avoir fait des miracles, n'en était pas moins vaincu, et les débris de nos armées se repliaient sur Paris.

Dubois venait d'arriver à Bondy. C'était le 27. Il se rendait, en marchand avec difficulté, au Vert-Galant, chez le comte Millot, qui l'avait proposé pour la croix d'honneur, quand tout à coup, devant vingt de ses camarades, trois individus se jetèrent sur lui et firent mine de le maltraiter.

On courut à son aide; mais l'un des trois intrus s'écria :

— Prenez garde à ce que vous allez faire. Je suis Vidocq, chef de la police de sûreté. Ces messieurs sont mes agents Lévêque et Boucher, et le hussard que voici est un forçat évadé.

Nous n'essayerons pas de peindre la stupéfaction des compagnons d'armes de Dubois. Celui-ci, plein de confusion, baissa la tête et suivit sans mot dire les argousins qui l'avaient reconnu. Anéanti, brisé par le chagrin, vaincu par la destinée, Dubois ne se révolta pas contre les mauvais traitements que lui firent subir les trois policiers. Du reste, il n'aurait pas été en état de se défendre, ses blessures saignaient encore.

On le conduisit au ministère de la police où, quand on l'eut visité, son identité fut parfaitement établie. Il ne pouvait nier, il ne l'essaya même pas.

Car c'était vrai, Dubois était réellement un forçat évadé; mais un singulier forçat, comme on le verra.

On lui annonça séance tenante qu'il allait

être réintégré dans un bagne et qu'il serai de la chaine destinée à partir sous peu d jours.

Il informa alors M. Henri, chef de la deuxième division, qu'il était dépositaire d'une somme de quatre mille francs appartenant au corps dont il faisait partie, et il le chargea de faire remettre cette somme à l'état-major.

La commission fut faite, et le colonel, M. Brincart, qui n'avait jamais eu que des éloges à adresser à Dubois, le colonel qui savait que, même en campagne, ce militaire ne prenait jamais rien dans les fermes sans payer, fit des démarches actives pour tâcher de sauver son hussard.

Mais qui donc avait le temps et même qualité pour accueillir une supplique à un moment où tout s'effondrait, quand l'empire écroulé faisait place à un nouvel ordre de choses, quand les ministres n'étaient plus ou n'étaient pas encore.

Le brave colonel courut en pure perte et ne put empêcher le malheureux Dubois, qu'on avait enfermé provisoirement à Bicêtre, d'être attaché à la chaîne qui entamait son infernal voyage.

Avant de partir, il reçut la visite d'un officier à qui il avait sauvé la vie quelques semaines auparavant, et comme celui-ci l'interrogeait avec bonté, il lui raconta son histoire.

Il n'y a peut-être pas dans les annales de la ustice humaine un semblable cas de constante et impitoyable malechance. Il n'a peut-être pas existé un homme qui, comme celui-là, ait été poursuivi pendant si longtemps par la mauvaise fortune.

Nous n'en connaissons certainement pas qui, ainsi que lui, puisse être regardé comme l'incarnation du malheur.

Etait-il innocent ou coupable à sa première condamnation? Il affirmait que le crime pour lequel on l'avait envoyé aux galères, ce n'était pas lui qui l'avait commis, et certes, sa probité scrupuleuse dans toutes les circonstances de sa vie ferait croire qu'il a été, en effet, dans ce cas aussi, l'éternelle victime du sort.

Il était né à Pranthoy, dans la Haute Marne. Dès l'âge de douze ans, et grâce à la protection d'un grand seigneur, il avait été placé à l'école de Brienne. En 1790, il fut forcé de la quitter et son père le plaça aux élèves de Mars, qui furent licenciés au bout de quelque temps.

Après l'exécution de Robespierre, il retournait chez ses parents, lorsqu'il rencontra un dragon du 14e régiment. Ayant fait avec lui plusieurs étapes, ils arrivèrent ensemble à Bar-sur-Seine, où ils dînèrent à l'auberge de la Couronne, tenue par un sieur Chevrolat.

Le dragon, pendant ce dîner, vola trois fourchettes d'argent, qu'il montra deux jours après à son compagnon de route, en lui disant qu'il les rapportait du régiment.

Dubois le crut sans peine. Quelle raison aurait-il eue de le soupçonner? Le lendemain, le dragon offrit à son camarade de lui vendre les fourchettes et de les lui céder à un prix peu élevé. C'était une bonne affaire. Dubois la fit sans difficulté.

Cependant les soupçons de l'aubergiste de la Couronne s'étaient naturellement portés sur les deux voyageurs. On se mit à leur poursuite, et ils furent arrêtés à Saint-Marc.

Le dragon parvint à prendre la fuite et mit bientôt le plus de distance qu'il put entre les gendarmes et lui.

Quant à l'ancien élève de Mars, il chercha d'autant moins à se soustraire à cette arrestation qu'il en ignorait absolument le motif.

Mais on le fouilla, on ouvrit sa malle, et l'on y trouva les trois fourchettes.

Déclaré complice du vol, il fut condamné à huit ans de travaux forcés. Il avait vingt ans à peine.

Pour la première fois, — et avec quel sentiment de douleur atroce, de profond désespoir, — il fit partie de cette chaîne à laquelle il devait si souvent être attaché. Son premier bagne fut celui de Toulon.

Le 21 janvier 1796, Dubois s'évada.

Suppl. au Causeur de Paris N° 7

Dubois, le forçat évadé, se cachant.

Paris. — Typ. Tolmer et Isidor Joseph, 43, rue du Four-St-Germ.

Quelques jours après, le ci-devant forçat, comme on disait alors, s'engageait dans le 7e régiment de chasseurs à cheval et partait pour l'armée d'Italie, où, dès les premières batailles auxquelles il prit part, on remarqua son bouillant courage.

Ce fut surtout à Marengo qu'il déploya sa téméraire audace. Dans la mêlée, un coup de sabre autrichien lui fendit la joue.

Il quitta alors le service et vint s'établir à Ancerville, où un de ses ouvriers le dénonça. Mais il parvint à fuir. Installé à Troyes quelque temps après, il est de nouveau vendu par es selliers de la ville.

Arrêté cette fois, il est renvoyé au bagne, où, grâce à ses états de service, il obtient que le temps passé par lui à l'armée lui comptera comme s'il l'avait fait à Toulon. Onze mois après, il était libéré.

IX

Dubois vint s'établir à la Villette. Il y vivait depuis un an, dans la plus complète sécurité, lorsqu'on l'arrêta inopinément.

Sa surprise se changea en douleur affreuse quand on lui annonça qu'il avait été condamné à quelques années supplémentaires de travaux forcés pour s'être évadé en 96, et il partit pour le bagne de Cherbourg.

Il n'y resta pas longtemps.

Évadé au commencement de 1809, Dubois vint à Paris et prit de nouveau du service. Cette fois, il fut incorporé dans un des régiments de cavalerie qui guerroyaient en Espagne.

Là, comme en Italie, il se signala par sa probité et par son courage. Nommé maréchal-des-logis par le général Laverdière, on le mit au nombre des meilleurs et des plus aciens militaires qui devaient composer la grande armée de Russie.

Mais comme, passant par Châlons, il ne put résister à la tentation d'embrasser sa famille, son beau-frère, un sieur P..., eut la cruauté de le dénoncer encore.

Pour le coup, il s'entend condamner à vingt-quatre ans de galères de plus, et il fait partie de la chaîne qui part pour Anvers — un des bagnes du premier Empire.

Mais il avait le génie de l'évasion. A la fin de 1813, au moment des désastres de Napoléon, la chiourme d'Anvers dut se replier sur Lille, et pendant la nuit que les forçats passèrent à Gand, Dubois disparut. C'est alors qu'il gagna Wesel et reprit le harnais.

Cette partie de son incroyable existence, je l'ai racontée en détail au commencement de ce récit.

Repris par Vidocq, Dubois se vit enchaîner pour la cinquième fois à destination de Rochefort.

Il y resta sept ou huit ans et fut enfin gracié. Il était libre.

Libre! peut-on appeler ainsi un malheureux qui avait encore à subir dix ans de surveillance?

On sait comment étaient traités les forçats libérés. On leur donnait un passeport jaune qui servait à les faire reconnaître partout où ils se présentaient.

On les chassait, on les traquait comme des bêtes nuisibles. Dubois fut repoussé comme un pestiféré de tous les pays où il passait.

Ses ressources épuisées, il tenta de se suicider. La mort ne voulut pas de lui. Le misérable se manqua.

Il commit alors un délit, et les portes des prisons se rouvrirent pour lui de nouveau.

De ses antécédents, on ne voulut rien connaître que son premier crime, que ses évasions nombreuses et ses condamnations plus nombreuses encore.

Le ministère public fut sans pitié. Défendu par un avocat nommé d'office — celui-ci n'eut pas l'intelligence de comprendre quelle magnifique cause à défendre le hasard venait de lui donner — Dubois fut condamné à dix ans de détention.

C'était donc à recommencer ; il y avait trente ans bientôt que ce malheureux était tour à tour forçat et soldat.

Il lui restait pourtant encore du courage et qui sait? de l'espoir peut-être. Il parvint à s'échapper une fois de plus de la prison de Dijon et jouit pendant quelque temps de sa liberté.

Mais, le 10 août 1823, un agent de la sûreté le reconnaissait dans la rue Saint-Martin et lui mettait la main au collet.

X

On le fit comparaître pour la troisième fois devant ce M. Henri, chef de la deuxième division, à qui jadis il avait confié les quatre mille francs dont il était dépositaire.

Ce M. Henri, qui pourtant savait quel homme — dans le sens vrai du mot, — il avait devant lui, ne fut pas touché de tant de malheurs. Il ne lui vint pas à l'esprit qu'il pouvait faire une louable action en informant le préfet de police de ce qu'il savait sur le compte de Dubois.

Employé vulgaire, il avait le cœur cuirassé sans doute contre toute surprise. Le spectacle des crimes quotidiens et ses rapports incessants avec les criminels ne laissaient en lui aucune prise à l'indulgence, à la bonté. Il fut sans pitié.

Dubois fut transféré du dépôt de la préfecture de police à Bicêtre.

On n'a aucune idée aujourd'hui de ce qu'étaient les prisons à cette époque. Ceux qui, visitant nos maisons de détention modernes, s'imaginent que Bicêtre ou la Force pouvaient avoir quelque rapport avec elles se tromperaient étrangement.

Les prisonniers, quels que fussent leur âge, leur faute, leur crime, vivaient dans une promiscuité indécente. Les plus horribles bandits régnaient en maitres dans les préaux et s'attachaient leurs compagnons par la peur ou par la violence.

Il fallait quand même subir les contacts les plus repoussants.

Mais cela n'eût été rien pour Dubois, qui depuis plus d'un quart de siècle avait habité tous les bagnes. Ce qui le fit le plus souffrir, c'est qu'il était sans argent et, chose extraordinaire, la misère se faisait sentir aussi cruellement dans les prisons pour les condamnés que dans l'état de liberté, car la nourriture était insuffisante, et ceux qui ne pouvaient conquérir la bienveillance des geôliers par quelque pourboire, vivaient courbés sous les plus effroyables privations.

L'ancien hussard vécut quatre ans dans ce repaire, perdant sa santé, son courage et ses forces.

Il est même fort probable qu'on l'y avait oublié lorsqu'enfin un beau jour, on vint le chercher pour le conduire à Dijon, où on venait de le condamner encore par contumace.

Jugé cette fois contradictoirement, il entendit confirmer la sentence des premiers juges, et il fut destiné à la prison du Mont-Saint-Michel.

Il partit pour cette destination, mais pendant la route, du côté de Prez-en-Pail, une occasion se présenta encore, et il augmenta le nombre de ses évasions.

C'était la sixième ou la septième fois qu'il parvenait à se soustraire aux mains des chiourmes ou de la gendarmerie.

Quand plus tard on lui demanda sous l'influence de quel sentiment il avait agi, lorsque, cette fois de plus, il trompait la vigilance de ses gardiens :

— Je n'avais plus d'espérance, répondit-il. Je commençais à croire que j'étais destiné à passer toute ma vie sous les verrous, et je m'échappai en disant que tout le temps que je passerais dehors serait autant de pris sur mon incessante captivité. Quelque chose me disait que je retomberais dans les mains de la justice, puisque tel semblait être mon sort. C'était donc un peu d'existence au grand air que je dérobais.

Dubois semblait avoir l'instinct de ce qui l'attendait.

Le 25 novembre 1831, il allait prendre la diligence, rue du Bouloi — car il s'obstinait à vouloir gagner un petit pays où il devait s'établir cinq ou six ans auparavant; — mais au moment où il mettait le pied dans la rotonde, quelqu'un lui toucha l'épaule.

C'était un agent de la police, encore et toujours. On l'arrêtait dans des circonstances identiques à celles qui lui avaient coûté cinq années de torture.

En présence des magistrats de police, lorsqu'il comparut devant eux, Dubois résolut de plaider sa cause et de chercher à les apitoyer sur son sort.

Ce fut non sans éloquence qu'il raconta sa vie, son long martyre. Il rappela sa loyale conduite, il remit sous les yeux de ses juges les états de service qu'il avait si vaillamment conquis aux armées.

On l'écouta distraitement d'abord, puis on lui coupa la parole, et il fut de nouveau renvoyé à Bicêtre, dans cet enfer.

XI

Pour le coup, il s'abandonna tout entier à son désespoir. Il était déjà vieux. Son supplice durait depuis près de quarante ans. Il se sentit perdu.

On devait le diriger vers le Mont-Saint-Michel, en exécution de la précédente condamnation. L'idée de végéter dans cette prison qui avait un renom fatal le faisait trembler de tous ses membres, chaque fois qu'on lui enjoignait de se tenir prêt à partir.

Alors, il prit une résolution qui devait le sauver. La monarchie de Juillet, qui était dans sa fleur, ne demandait qu'à soulager des infortunes. Dubois écrivit la relation de sa vie. Il raconta tout, depuis son entrée à l'école de Brienne jusqu'à sa dernière évasion.

Il ne voulut pas omettre un trait, pas même un petit vol dont il s'était rendu coupable après sa libération.

Sa réplique se terminait par ces mots :

« Avancé en âge, mes forces s'anéantissent.
« Il ne me reste qu'un espoir et la douleur de
« ne jamais voir la fin de mes maux. Néan-
« moins, la clémence du souverain est grande.
« Je n'ai jamais commis de crimes qui puis-
« sent me faire désespérer; mais je ne survi-
« vrai pas aux fatigues d'une route aussi ter-
« rible que celle de Paris au Mont-Saint-Mi-
« chel.

« Je supplierai donc qu'il soit ordonné que
« ma position soit améliorée en m'évitant une
« route semblable et une détention aussi pé-
« nible; en m'envoyant dans une maison plus
« rapprochée de la capitale, telle que Poissy
« ou Melun, et où mon frère, tout en se ren-
« dant ma caution, pourrait me procurer du
« travail relatif à mon état de bourrelier-sel-
« lier, et où je pourrais attendre avec résigna-
« tion le moment où Sa Majesté daignerait
« s'apitoyer sur mon sort. »

Cette demande fut adressée à la reine Amélie.

Par les ordres de celle qui fut la plus sainte et la plus vénérable des reines, on fit des recherches destinées à contrôler les faits avancés dans le placet.

Tout était vrai.

Les archives des régiments témoignèrent du courage et de la probité de Dubois.

Le maréchal Mortier, interrogé, se souvint

du hussard de la garde du roi de Westphalie et raconta ses exploits à la reine. L'illustre duc de Trévise ne put retenir une larme en lisant l'histoire de ce malheureux, et intercéda chaudement en sa faveur.

La préfecture de police elle-même ne put trouver dans ses cartons, à part les interminables évasions du Dubois, rien qui pût enrayer la clémence royale.

En sorte que quelques jours après, la *Gazette des Tribunaux* publia la demande en grâce du malheureux et la fit suivre de la note suivante :

« Nous avons la satisfaction d'annoncer que
« cet infortuné détenu vient d'être mis en li-
« berté, et que Sa Majesté la reine a daigné lui
« accorder un secours qui, nous l'espérons,
« l'empêchera de retomber dans la misère des
« cachots. »

Dubois devenu libre ne fit plus parler de lui.

. . . .
. . . .
. . . .
. . . .

Quelle navrante histoire !

Et comment, avec l'éloquence de la diction, l'art de la mise en scène, ne pouvait-on pas apitoyer les plus sceptiques sur le sort de cet homme?

Et par comparaison combien ne pouvait-on soulever de pitié ni de sympathies oserons-nous dire, en faveur d'une victime de la fatalité... comme Louvard, par exemple?

Berthe sut adroitement profiter des dispositions favorables des hauts personnages qui se pressaient dans ses salons.

Raymond d'Aspis avait ainsi sa tâche à demi préparée aux trois quarts, en entier préparée devrions-nous écrire, et le sort de Louvard allait être décidé dans le sens de la grâce.

Certes Louvard n'était pas l'héroïque soldat dont nous rapportions la douloureuse et véridique légende.

Mais il était forçat et il avait un titre à la commisération subite des puissants comme ce condamné à mort pour double parricide qui bénéficie d'un mot de grâce au lendemain du jour où l'on s'est aperçu qu'on a décapité un innocent.

Et Raymond d'Aspis agissait pourtant de bonne foi.

Mais Berthe, elle, manœuvrait avec une conscience parfaite de la situation.

NOTA.

Nous reproduisions l'autre jour comme un exemple des défaillances domestiques quelques fragments du procès de Jeufosse.

Pour clore la série de ces exemples que nous croyons nécessaire, au nom de la morale, de mettre sous les yeux des lecteurs et surtout des jeunes lectrices, nous citerons l'affaire de Mme Lemoine et de sa fille.

Ici, bien que l'atmosphère — une petite ville — soit identique, les influences ambiantes aussi terribles, et qu'il s'agisse encore d'une mère et d'une fille, tout est changé, acteurs, caractères et circonstances. Ni la mère n'a cette dignité sereine, ni la fille cette pureté virginale qui se lisent aux fronts de Mme et de Mlle de Jeufosse; le « séducteur » lui-même, n'a plus, à défaut des formes, les simples apparences de l'homme du monde. C'est un lourd paysan, ne parlant pas même, comme Emile Guillot, le jargon vulgaire de la galanterie, un domestique de bas étage, ignoble d'aspect et de sentiments, abusant d'une toute jeune fille mal élevée et précocement dépravée, non parce qu'il tient à elle, mais parce qu'il rêve la richesse et qu'il a entrepris — conseillé et dirigé par des individus de son espèce — de forcer la mère à la lui donner pour femme. Ce n'est pas de l'amour, c'est du chantage.

Voici, textuellement emprunté à l'instruction secrète et à l'acte d'accusation, et ramené à la seule expression qui lui convienne aujourd'hui, l'exposé du crime qui amenait, le 9 décembre 1859, Mme Victoire Mingot, quarante-trois ans, domiciliée à Chinon, épouse séparée de M. Lemoine, et sa fille Angélina Lemoine, dix-sept ans, sur les bancs de la cour d'assises, présidée par M. Tournemine, conseiller à la cour d'Orléans. Ministère public : M. le procureur général Savary, assisté de M. le procureur impérial Boutillier ; — défenseurs, Me Lachaud pour la mère, et Me Gelliez pour la fille.

***

Aux termes d'un jugement de séparation de corps et de biens, prononcé en 1851, après seize ans de mariage, Mme Lemoine avait conservé la gestion de sa fortune et l'éducation de ses deux enfants, un fils mis au collége et une fille élevée chez elle. Très-développée pour son âge et promettant de devenir aussi belle que sa mère, Angélina Lemoine, un des plus riches partis de la Touraine, fut, au commencement d'octobre 1858, accusée presque publiquement de relations intimes avec le cocher de la maison, un nommé Jean Fétis, âgé de vingt-huit ans, dont le physique et l'esprit, littéralement hideux, rendirent tout d'abord la nouvelle inacceptable. Elle était vraie cependant. Fétis, par lui-même, par son frère aussi méprisable que lui, par ses connaissances de cabaret et d'écurie, la colportait avec détails à l'appui, affirmant que « sa maîtresse » était enceinte, et annonçait partout son prochain mariage. Le curé de Chinon fit avertir la mère qui, d'abord, nia avec hauteur, se montra partout avec sa fille, la conduisit au bal, où elle dansa avec le plus d'entrain et d'ingénuité possible, et crut avoir ainsi désarmé la calomnie.

Mais bientôt, aux vanteries de Fétis vinrent se joindre les révélations des domestiques, les commentaires des voisins et des envieux que Mme Lemoine avait faits en grand nombre. Vers la fin de janvier, ceux qui doutaient encore apprirent avec stupeur que Mme Lemoine avait fait maison nette et renvoyé son cocher et sa cuisinière, qui promenèrent naturellement par la ville leurs doléances et leurs confidences.

Mme Lemoine, qui ne recevait plus chez elle, affecta de se montrer, au dehors, imposante comme d'habitude, avec sa fille, toujours fraîche et gaie, et de répondre à ceux qui faisaient allusion aux bruits répandus, qu'elle saurait bien faire taire la calomnie. M. Lemoine, qui habitait Paris, fut prévenu par des amis et vint à Chinon, chez M. Huet, ancien avoué, dont la maison servait aux entrevues du père et des enfants. Mme Lemoine n'amena pas sa fille, et le père, après une altercation assez vive, repartit pour Paris, non sans dire à ses amis que, si sa fille était réellement enceinte, il croyait sa femme capable de tout.

Cependant la grossesse d'Angélina passait pour certaine ; elle faisait de nombreuses courses à la campagne avec sa mère, et des paysans racontaient qu'ils avaient vu « la demoiselle » exécutant des culbutes et se laissant rouler comme un tonneau sur des pentes très-rapides, d'où l'on concluait à des tentatives d'avortement. Le 30 juillet, au matin, la nouvelle cuisinière, que les voisines avaient embauchée, racontait que, le matin, on lui avait fait laver le tapis de mademoiselle et qu'il y avait des cendres mouillées dans le petit salon. Le 30 au soir, Mme Lemoine et sa fille partant pour la campagne, les voisins et les domestiques remarquèrent qu'Angélina marchait péniblement, avait les traits altérés, portait un mantelet au lieu du grand châle qui dissimulait sa taille, et que sa tête, habituellement très-haute, était coiffée en avant d'une dentelle noire qui lui couvrait en partie la figure. Le voisinage en inféra que l'accouchement avait eu lieu, et, dès le 6 août, deux dénonciations, parlant d'un crime, arrivaient au parquet de Chinon. Mme Lemoine, mandée par le juge d'instruction, protesta hautement. — « Eh bien, dit le magistrat, il ne vous reste qu'une chose à faire : vous adresser à la justice pour rechercher les calomniateurs; ne pas porter plainte serait vous avouer coupable. » Elle signa alors une plainte en diffamation contre Fétis, laquelle nécessitait une enquête, dont le premier acte devait être de s'assurer, sur la personne d'Angélina, de la réalité des faits.

Le parquet, par un sentiment de convenance, chargea de cette démarche le médecin même de Mme Lemoine, le docteur Gendron, qui arriva tout ému, voulant, dit-il à sa cliente, éviter de voir remplir sa mission par un autre.

— Ah! fit Mme Lemoine, c'est comme cela..... Eh bien, oui, ma fille est accouchée; allez leur dire que j'en conviens, et que tout soit fini.

— Et... l'enfant ?

— Il est venu mort.

— Vous l'avez enterré, sans doute ; la justice ne vous croira pas sur parole, il faut le représenter.

— Impossible.

— Mais il le faut... Allons, voyons, qu'en avez-vous fait ?

— Je l'ai brûlé.

M. Gendron, sur l'invitation même de Mme Lemoine, rendit compte de sa démarche; la mère et la fille furent arrêtées et l'instruction commença.

L'accouchement et l'incinération de l'enfant furent, ainsi que les détails de la liaison d'Angélina avec Fétis, complétement avoués par la mère et la fille, avec cette différence toutefois qu'Angélina, qui ne ménagea pas sa mère, déclara que l'enfant était venu vivant et à terme, tandis que la mère persistait à dire, avec dates à l'appui, qu'il était venu avant terme et mort. Tout le procès roula sur cette contradiction d'où dépendait, en effet, l'acquittement ou la condamnation de Mme Lemoine.

Les quatre audiences furent lamentables. L'acte d'accusation maintenait sur tous les points le crime d'infanticide commis avec complicité, la mère l'ayant exécuté avec une préméditation obstinée, et la fille étant entrée dans ses vues pour se débarrasser d'un enfant dont elle avait oublié le père.

Angélina, interrogée la première, démentit tous ses aveux de l'instruction et montra la plus grande confusion à certaines questions scabreuses posées avec insistance par M. le président. Son nouveau système de défense consista à affirmer le dégoût qu'elle éprouvait pour Fétis et la certitude où elle était que sa grossesse ne devant pas venir à bien, elle ne pouvait, pour laisser sa faute ignorée, que se confier entièrement à sa mère.

Mme Lemoine, encore plus pressée de questions, se défendit d'abord du défaut de surveillance à l'égard de sa fille que lui imputait l'accusation. Elle déclara n'avoir rien su ni vu de ses relations avec Fétis, qu'elle chassa dès qu'elle crut entrevoir la vérité. Elle montra beaucoup de répugnance à entrer dans les détails intimes dont son consciencieux interrogateur ne lui épargna pas un seul.

Le premier témoin entendu fut cet ignoble Jean Fétis, dont la déposition ne fut pas moins écœurante que la tenue. Court de taille, mal bâti, une tête de batracien, des jambes cagneuses, un teint plombé, une voix criarde, un rire béat; il n'y eut qu'un mouvement dans l'auditoire : — « Quoi! c'est à cet avorton

Un paysage dans la haute plaine.

Suppl. au *Causeur de Paris*, N° 8.

que cette belle fille s'est donnée? » — Comme à l'instruction, il entra, naïvement ou cyniquement, dans les détails les plus circonstanciés sur ses relations avec Angélina, et ne fit pas mystère de ses intentions d'arriver à un mariage par une grossesse. A l'entendre, c'est la jeune fille qui l'aurait incessamment provoqué. Quelque patience qu'y mît la Cour, un moment vint où M. le président dût l'interrompre dans l'historique de ses amours.

M. le procureur général Savary, requit contre les deux accusées l'application rigoureuse de la loi, sans admission de circonstances atténuantes.

Me Lachaud, dans une merveilleuse plaidoirie, couverte, même dans cet auditoire hostile, d'applaudissements que M. le président qualifia de « stipendiés », reprocha à M. le procureur général sa tendresse pour Fétis. L'organe du ministère public, dans sa réplique, se défendit de cette partialité :

... « J'ai ménagé Fétis, dit-on. Pour moi, j'attaque le moins possible les témoins. C'est mon habitude, et je ne suis pas disposé à y renoncer. Et pourquoi d'ailleurs l'attaquer? Que ce soit le plus méprisable des hommes, je le veux. En ne le disant pas, je ménageais Angélina Lemoine. Plus il est abject, et plus la conduite d'Angélina est honteuse. (L'accusée verse d'abondantes larmes.) On me reprochera peut-être aussi de n'avoir pas lu les déclarations de Fétis, qui contiennent des détails odieux, révoltants pour la pudeur; nous ménagions encore les accusées qui, même sur ce banc, méritent encore quelques égards. Eh bien! Fétis, voulez-vous que nous vous le disions? a été provoqué, mais il n'a pas été discret! Ah! vous voulez des amants discrets; alors, quand on veut un amant discret, ce n'est pas dans l'écurie de sa mère qu'on va le chercher! »

Me Lachaud bondit sous cette sanglante apostrophe, et tout entier à cette inspiration redoutable qu'on lui connaît et qui ne connaît rien quand elle prend corps à corps une attaque personnelle, ébranla, ce n'est pas trop dire, la Cour et l'auditoire dans une improvisation qui est restée comme un des plus magnifiques modèles du genre :

« Fétis! Oh! non, je ne m'indigne pas, je ne veux pas m'indigner! Vous nous l'abandonnez maintenant, lui et toute sa bande infâme... C'est un peu tard! Mais si vous n'avez pas flétri cet homme, ah! j'allais l'oublier, c'est par ménagement pour nous... Oh! permettez... depuis quand l'infamie du séducteur déshonore-t-elle la victime? Jusqu'ici, les pères et les mères avaient cru le contraire! »

Après une courte délibération, le jury revint avec un verdict déclarant Angélina Lemoine coupable d'avoir volontairement et avec préméditation, donné la mort à l'enfant de sa fille. (Sensation prolongée.)

Angélina Lemoine une fois mise en liberté, sa mère ramenée à l'audience entendit avec sa calme fierté la lecture du verdict et les réquisitions du ministère public concluant à l'application de la loi. Me Lachaud se lève et, d'une voix altérée : « Mme Lemoine me charge de déclarer que peu lui importe la peine et qu'elle ne veut pas de l'indulgence de la Cour. » (Nouveau mouvement.)

La Cour ne fut pas, en effet, indulgente et prononça vingt ans de travaux forcés.

Après une longue captivité pendant laquelle son caractère ne se démentit pas, Mme Lemoine, graciée par l'empereur, a été atteinte d'une maladie mentale qui a nécessité son internement dans une maison. Sa fille, placée d'abord dans une institution religieuse, en est sortie au bout de quelques années, et s'est mariée en province. — L'oubli le plus profond couvre aujourd'hui l'une et l'autre; mais on jase toujours à Chinon.

XII

Raymond d'Aspis occupait à Paris un élégant entresol de garçon dans le quartier des Champs-Elysés.

Un soir, après avoir été chercher sa maîtresse à l'Opéra et après avoir soupé avec Berthe, il rentra chez lui, non sans avoir dit un mot à ses amis au Club. Il voulait recevoir le lendemain, ou plutôt ce matin-là de bonne heure, M. de Sir-Lady, préfet de la Haute-Plaine, et le baron Casoar, le député et nouveau candidat-député de 1863.

M. de Sir-Lady avait précisément fait annoncer son arrivée à Paris.

Le baron Casoar était ce personnage influent dont nous avons parlé dans la première partie de cet ouvrage, au succès électoral duquel le ministère Persigny attachait une grande importance.

Non pas que Casoar fût un leader de la majorité du Corps législatif; mais il avait la main dans toutes les affaires, un siége dans tous les conseils d'administrations de compagnie ou d'entreprises financières. Il lançait à propos telle ou telle combinaison, facilitait les négociations d'emprunt, se montrait favorable à toutes les tentatives les plus risquées, comme l'emprunt mexicain par exemple, et pardessus tout votait pour le gouvernement, et forcait par des services discrets le vote des amis au Corps législatif.

Ce n'était pas un homme de talent : c'était un meneur, un entraîneur.

Les ministres avaient besoin de lui.

Il le savait.

Par un bonheur inouï, son collége électoral était comme un *bourg pourri*, c'est à-dire que son élection, depuis 1852, avait été naturelle et facile dans la Haute-Plaine; aucun concurrent, jusqu'ici du moins, n'osait se risquer contre lui, et les électeurs bourgeois et campagnards, gens paisibles et incapables d'opposition votaient en masse pour un homme qui avait pouvoir.

En effet, le baron Casoar était tout-puissant pour obtenir la grâce d'un condamné quelconque, surtout pour ces mille contraventions ou délits de débits de boissons, de chasse, de pêche, de voirie, de tapage nocturne, de larcins, etc.

On le savait tout-puissant aussi pour faire activer la liquidation d'une pension, pour faire accorder des secours aux personnes, aux établissements publics, aux églises, aux orphéons, etc.

Son rôle n'était pas moins extraordinaire et efficace dans les conseils de révisions, où il savait faire valoir et réussir avec bonheur les moindres réclamations des conscrits de la Haute-Plaine.

On s'expliquera donc sa popularité dans son collége électoral, et c'est avec raison qu'on classait celui-ci au ministère de l'intérieur, parmi les *bourgs pourris* de l'Empire.

Cependant, le baron Casoar ne se croyait jamais sûr du lendemain, c'est-à-dire d'une réélection nouvelle.

Sans doute la petite bourgeoisie et la population rurale lui étaient aveuglément fidèles; mais la grande bourgeoisie, le commerce n'avaient jamais sérieusement donné.

L'abstention était la loi des orléanistes, des légitimistes et de beaucoup de républicains des villes.

Casoar se demandait quelquefois ce qui adviendrait, non pas de sa candidature, mais de son prestige jusqu'à ce moment immaculé, le jour où une compétition rivale viendrait à se dresser devant lui. Bien sûr, le scrutin laisserait sur le carreau l'imprudent rival; mais avec quelle minorité ridicule ou respectable? Là était le problème, de là venait sa crainte.

Casoar brasseur d'affaires, *finassier* surtout, se rendait merveilleusement compte des dangers qu'il pouvait courir, si un jeune homme comme Raymond d'Aspis, passant à l'opposition rose des *amis des princes,* comme on disait alors, se déclarait tout à coup candidat des *libertés nécessaires* (le mot n'avait pas encore été dit) dans le département de la Haute-Plaine...

Aussi, pour détourner constamment Raymond, le seul grand électeur dans son déparment, l'homme d'influence, de fortune et de sympathique considération, pour détourner le maire de Saint-Devil de toute idée d'émancipation politique et compétition future, avait-il soin de choyer son jeune ami, de le servir, de lui rendre agréable la vie de Paris dans le monde officiel depuis les ministères jusqu'aux Tuileries, de manière à le *compromettre* jusqu'au cou dans la politique impériale.

En attendant, Casoar était aux ordres des moindres désirs, des moindres caprices de Raymond.

Avec l'influence dont il disposait en *haut lieu*, la grâce de Louvard était donc chose décidée. Aussi le baron voulût-il s'entendre pour la forme avec son jeune ami.

De là sa visite projetée matinale à Raymond avec le préfet Sir-Lady.

XIII

M. d'Aspis s'était levé de bonne heure.

A peine s'il avait dormi de deux heures à six heures du matin.

Il sonna Bernard.

Celui-ci trouva son maître inquiet, agacé.

L'affaire Louvard et qui sait? quelques propos avec Berthe, la veille, avaient mal disposé Raymond.

— Sers-moi du thé, Bernard. Je m'habillerai à huit heures. D'ici-là tu me laisseras seul, j'écrirai. A neuf heures, j'attends ces messieurs.

Le valet de chambre sortit pour préparer l'infusion commandée par son maître.

Celui-ci lut et relut les papiers qui encombraient la table de travail de sa chambre.

Il parcourait une longue lettre de M. Guy Roger.

L'instituteur de Saint-Devil revenait sur ses soupçons contre Louvard.

Guy Roger ne parlait plus par conjectures : il affirmait.

Cela devait troubler l'esprit inquiet, irrésolu mais honnête de Raymond d'Aspis.

La grâce du voleur avait été négociée.

N'allait-il pas rouvrir les porte de la société à un assassin ?

Cela le rendait soucieux. Il s'agissait d'une responsabilité nouvelle et l'idée d'une complicité morale se dressa dans son esprit.

Une chose le frappait dans la lettre de M. Guy Roger.

C'était le bonheur que paraissait devoir éprouver celui-ci à faire un homme de cette matière neuve, de cette forme fruste qui s'appelait ce petit berger de la lande.

A mesure que l'instituteur de Saint-Devil insistait dans ses lettres sur sa conviction à l'égard de Louvard, comme un correctif, sa pensée se traduisait en phrases touchantes, pleines d'espoir au sujet du petit garçon.

— Nous supprimerons un criminel, écrivait-il à M. d'Aspis ; mais nous rendrons un honnête homme de plus à la société.

Notre petit protégé sera quelqu'un.

Là-dessus, sur ces mots, Raymond hochait amèrement la tête, et il se prenait à écrire comme pour répondre à son secrétaire de mairie des aveux d'enfance pareils à ceux-ci :

Paris, mars 1863.

. . . .

« . . . . Oui, mon cher Guy Roger, vous avez raison de penser que le bien qu'on fait à un déshérité de ce monde, à un pauvre ignorant nous sera agréable à tous les deux. Mais tenez, j'ai aujourd'hui, au moment où je vous écris, des accès de misanthropie et je vois tout en rouge, tout en noir et l'humanité m'agace.

Les uns, ceux qui brillent, me paraissent être d'affreux comédiens, les autres, ceux pour lesquels il faut s'employer, comme Louvard, sont des assassins de la pire espèce.

Combien j'aimerais aujourd'hui l'existence simple, naïve, telle que devait l'avoir le petit berger, quand vous ne songiez pas à lui donner un élan vers la civilisation !

Je rêve à cette existence-là et je ne me rappellerai jamais sans émotion — moi qui suis au milieu des plaisirs, dans le tourbillon du monde et des passions — les plus délicieuses années de mon enfance.

Ah ! si le petit berger savait son bonheur Mais écoutez donc ce qui m'advint.

XIV

J'avais neuf ans, de bonnes jambes, une mauvaise tête et douze sous dans ma bourse. Je ne me rappelle plus quel crime j'avais commis ; peut-être avais-je mangé les confitures de ma mère ou battu quelqu'un. Quoi qu'il en soit, mon crime devait être grand, car mon père m'attacha par le pied à une table, et, là, les fenêtres ouvertes, m'exposant aux risées de mes camarades, il m'appliqua trois coups de martinet sur l'endroit où j'avais l'habitude de m'asseoir.

Ma pénitence faite je me levai tout furieux, et dis : « je m'en vais ! »

— Va-t'en ! dit mon père. Tu n'es bon à rien, tu ne fais rien, tu fais pleurer ta mère tous les jours, nous serons fort heureux d'être débarrassés d'un mauvais sujet comme toi.

— Adieu ! je dis.

— Adieu, répondit mon père.

Je crus qu'on m'empêcherait de sortir. Mon père fit un signe aux domestiques, et les portes s'ouvrirent toutes grandes devant moi. Je m'en allai un peu sot de l'aventure.

Au bout de l'avenue, je détournai la tête pour voir si l'on courait après moi : personne. Un moment, le désir me prit de retourner sur mes pas ; la honte me retint.

« Eh bien! pensai-je, je vais courir le monde. Ils pleureront de ne plus me revoir, et cela les fera enrager ; je leur apprendrai à me mettre en pénitence. Et puis je ne suis pas fâché d'être libre. Il y a longtemps que j'ai envie d'aller voir derrière la montagne, là-bas, où se couche le soleil. Je suis bien aise de savoir comment le soleil se couche ! »

Au bout du village était la maison de ma nourrice. J'y entrai : Fanchette, ma sœur de lait, cousait, toute petite, auprès du lit de son plus jeune frère. En me voyant, elle quitta bien vite son ouvrage pour me sauter au cou.

— Veux-tu me suivre? lui demandai-je.

— Je veux bien, me dit-elle; où ça, dans les bois?

— Bien plus loin que ça, Fanchette!

— Jusqu'à l'étang des saules?

— Plus loin encore : je m'en vais faire un grand voyage.

— Tout seul?

— Non, si tu m'accompagnes.

— Mais encore, ajouta Fanchette, il faudrait que tu me dises jusqu'où.

— Jusqu'au bout du monde!

— Mais où c'est-il ça, le bout du monde?

— Je crois, lui dis-je, que c'est là-bas derrière la montagne où se couche le soleil.

Et puis quand nous serons là, nous ne reviendrons plus! Fanchette me regarda toute triste.

— Et ma mère, dit elle?

— Eh bien, continuai-je, si tu aimes mieux ta mère que moi, reste : je m'en vais. Adieu! Je partis.

J'avais à peine fait cinquante pas, que Fanchette, rouge comme une cerise, était déjà à mes côtés. Comme elle avait couru, la pauvre enfant!...

— Eh bien, lui dis-je, tu consens donc à me suivre.

— Oh non! me répondit-elle en pleurant, ma mère me battrait; et puis je ne veux pas quitter mon petit frère qui dort. Il n'aurait qu'à se réveiller et à ne trouver personne! Je t'aime bien, mais je ne te suivrai pas...

— Pourquoi cours-tu après moi?

Elle fit une longue pause.

— Tiens, me dit-elle prends ça!

Elle pleurait en me tendant la main.

— J'ai pensé, dit Fanchette, que tu pars sans argent; je t'apporte ce que j'ai : ça t'aidera à faire ton voyage.

Je regardai, c'était un sou!

Cette preuve d'amitié de Fanchette m'attendrit profondément; je tirai mes douze sous de ma poche.

— Tiens, ma bonne sœur, lui dis-je, ta mère est pauvre, et moi, mes parents sont riches. Prends mes douze sous pour t'acheter une robe.

— Et ton voyage, fit-elle?

— Ah! mon voyage!... je commence à me sentir fatigué. Veux-tu t'asseoir là sur l'herbe?

— Je ne demande pas mieux, si tu me promets de revenir avec moi.

— Tu me laisseras t'embrasser.

— Tant que cela te fera plaisir!

Je la conduisis sous un bouquet de bois, au revers du chemin. Nous étions seuls. Le baiser que je lui pris me fit pleurer.

— Tu pleures! me dit Fanchette. Qu'est-ce qui te cause de la peine?

— De ne pas t'emmener avec moi jusqu'au bout du monde!

— Nous irons, quand nous serons bien grands, bien grands, me répondit-elle.

Je l'embrassai pour la seconde fois : je n'avais jamais été si heureux de ma vie.

En rentrant le soir, mon père me donna le fouet; je ne l'avais pas mérité : Fanchette peut le dire.

. . . .

Vous allez sourire peut-être à ces réminiscences puériles, mon cher Guy Roger. Mais si vous saviez combien cela me fait du bien aujourd'hui en songeant à ce qui me préocupe et à ce qui m'entoure!

Non, décidément, je ne vous en dirai pas plus long, demain peut-être j'écrirai mieux!

Et ici il fermait sa correspondance pour Saint-Devil.

XV

A peine était-il habillé, que Raymond vit entrer joyeux et bruyants le baron Casoar et le préfet de la Haute-Plaine.

— Ce cher ami ! Ces chers amis! telles furent d'abord les premières paroles échangées entre ces messieurs.

— Nous venons vous chercher pour déjeuner, mon cher monsieur d'Aspis, s'écriait le baron...

Nous aurons à causer — pardon ! à bavarder.... nous allons faire ouvrir les meilleures Ostendes de Bignon et notre préfet ici présent nous dira des nouvelles de nos électeurs et administrées et même de ses jolies administrées de Manville. Ah ! ah ! ah !

Et de rire là-dessus.

Seul Raymond n'était pas déridé.

Qu'avez-vous donc mon cher, lui demanda avec sollicitude M. de Sir-Lady.

— Rien.

— Une mauvaise nuit?... Pourtant...

Raymond sourit légèrement mais avec l'air d'un homme qui ne désire pas laisser porter les allusions bien loin sur ce terrain-là.

— Vous ne pouvez pas, on le sait.... continuait le baron.

— Non, il est probable que je suis agacé à tort et vous m'apportez la guérison par votre mable visite.

— Ah ! parbleu oui, s'écrièrent ensemble le préfet et le député.

On plaisanta là-dessus. La jeunesse, les influences extérieures ; la jettatura peut-être.

— Croyez-vous à la jettatura, baron, deman- le préfet.

— Si j'y crois? Écoutez cette histoire.

Et pendant que Raymond faisait ses derniers préparatifs pour sortir avec les deux personnages, le baron Casoar se lançait, contre son habitude, dans une de ces histoires qu'on ne raconte évidemment que les jours de pluie.

— Vers 1840, il nous arriva un Napolitain auquel il fut d'abord de mode de faire grande fête ; on prétendait dans quelques salons qu'il écrivait le français aussi agréablement que l'avait fait autrefois l'Anglais Hamilton. Le personnage ne manquait pas de bizarrerie. Il professait deux cultes, qu'il desservait l'un et l'autre avec une égale ferveur : celui des petites vierges en terre cuite qu'on met dans une niche entre deux cierges, et celui des pièces de cent sous. Il avait aussi, et il ne s'en cachait pas, une appréhension des plus vives qui lui venait de sa première enfance : il redoutait plus que la peste la rencontre de la *jettatura*, le mauvais œil.

Dans les temps dont nous parlons, son métier de critique musical le mit naturellement en rapport avec le monde des concerts. Un jour qu'il étudiait les exécutants d'une matinée, il dut s'y prendre à plusieurs fois pour essuyer le verre de sa lorgnette en vue d'une apparition.

— Qu'est-ce que c'est que ça? se demanda-t-il tout effrayé.

C'était une manière de juif allemand, qui, un archet à la main, sciait avec une véritable frénésie d'artiste les cordes d'un violoncelle. A vrai dire, il y avait sans doute du diable dans ce corps long, maigre et déhanché. Cette figure pâle, en lame de couteau, partagée par

Paris. — Typ. Tolmer et Isidor Joseph, rue du Four-St-Germ.

Ceux-là aussi croyaient au mauvais sort.

un nez fortement pointu, rappelait assez la forme que Gœthe donne au Méphistophélès. On était, du reste, au plus fort de la lutte entre tudesques et italianissimes. Mais admettons que les haines de race n'aient été pour rien dans cette antipathie; toujours est-il, qu'à force de regarder l'homme au violoncelle, l'Italien fut pris tout à coup d'un effroi sans pareil et l'accusa dans ses feuilletons d'être un *jettatore* en exercice.

XVI

Au premier moment personne ne prit garde à cette allégation. — Jettatore! eh bien, après? Que nous importe s'il fait bien sa partie dans un orchestre? L'essentiel est qu'il joue bien du violoncelle. — Or, les experts convenaient qu'il y excellait, en attendant qu'il fît autre chose. — On laissait donc le critique pousser ses cris de paon. Mais voilà qu'un jour, dans la saison des déplacements, tout au fond d'une province reculée, pendant un concert où figurait le violoncelliste, il se passa un drame terrible, — une grande dame brûlée, vive, je crois. — Le musicien avait même joué un rôle dans l'action.

— Eh bien, disait le Napolitain à ses lecteurs, serez-vous encore surpris? Rappelez-vous donc ce que je vous disais! Cet homme a le mauvais œil!

Pour ne rien omettre, il faut ajouter que ces scènes se passaient en temps de monarchie constitutionnelle, à une époque peu agitée par la politique. Déjà les petites choses se disposaient à prendre la place naguère occupée par les grandes. On commençait à délaisser ou à railler la tribune; on se moquait des œuvres graves; on courait après les Nouvelles à la main. Sans qu'on s'en aperçut, la nation prenait plaisir à s'émasculer. Un ministre du roi disait : « Les littératures modernes sont des magasins de confiseurs pour femmes et pour enfants. » De là l'Introduction des contes étrangers sur la *jettatura*. Le mauvais œil était acclimaté.

Voyant donc son succès à cet égard, l'Italien s'enhardit. Aussi fervent que rusé, il entreprit de corroborer par un expédient pittoresque le préjugé qu'il venait de semer dans ses articles de journaux. Rencontrait-il le musicien, soit au théâtre, soit sur les boulevards, il formait un geste qui devenait une conjuration redoutable. Cela consistait à élever la main droite au devant du maudit en faisant une fourche avec l'index et l'annulaire. Il paraît, au reste, que c'est encore à l'heure qu'il est le moyen usité en Sicile pour écarter le maléfice. Enfin, pour surcroît de précaution, il avait un second procédé; c'était de montrer ou une corne ou une petite main en corail.

Si varié qu'il ait été, le commerce de la grande ville ne connaissait pourtant pas cet article. La petite main en corail devint un intéressant objet de négoce. Notre Napolitain en avait attaché une aux breloques de sa montre. On imita son exemple. L'amulette se trouvait chez les bijoutiers où il y en avait pour tous les goûts et pour toutes les bourses. Au commencement, on en avait fait un bibelot du genre de tous les autres; à la longue, et j'insiste sur ce point, la petite main de corail a passé à l'état d'objet sacré.

De 1852 à 1870, la vogue était incomparable. On vit les femmes s'en mêler. Il y a le « mauvais œil » de l'un et de l'autre sexe. En 185..., à une fête donnée à l'ambassade ottomane, on constata que sur cinq cents invités quatre cents avaient la petite main magique ou les cornes non moins prestigieuses.

Chose curieuse, le monde des viveurs ressentit au plus haut point le contre-coup de cette nouveauté ; c'était dans les cabarets dorés que la peur du mauvais œil sévissait le plus fréquemment; on la ressentait aussi dans la chambre à coucher des cocottes, grandes et petites.

— Nous avons vu la petite monnaie de don Juan ne parler de cette affaire qu'en termes sérieux. — Un libertin qui ne croit ni à Dieu, ni à diable, avait vu venir un jettatore s'asseoir au café à côté de lui, pour y déjeuner. — Comme il ne s'était pas muni, ce jour-là, de l'amulette et qu'il n'avait pas osé faire les les cornes avec ses doigts, il se tenait pour *touché*.

— Vous verrez qu'il m'arrivera malheur, disait-il ; par exemple, ma marraine me déshéritera.

On a aussi retenu ce dialogue entre deux cocodès.

— Charles, viens-tu dîner, ce soir, avec nous au Grand Seize ?

— Je ne sais pas.

— Il y aura des drôlesses.

— J'irai, alors.

— Mais prends garde, pourtant.

— Quoi donc?

— Il y en a une la grande G.... qui passe pour avoir le mauvais œil.

— Bon ! j'aurai ma main en corail.

XVII

On ne parvenait pas à dérider Raymond D'Aspis.

M. de Sir-Lady si entraînant d'ordinaire ne parvenait pas à dissiper la pensée soucieuse du maire de Saint-Devil.

— Vos souhaits vont être réalisés, cher ami disait le baron Casoar. Cet homme sera grand, on le doit bien à votre protégé !..

— Votre protégé ! votre protégé ! répliquait avec une nuance d'amertume Raymond d'Aspis visiblement contrarié... Ce Louvard m'ennuie et j'ai bien envie de l'abandonner à la justice !.. advienne que pourra !...

— Allons, mon cher, calmez-vous !

Et tous les deux, le baron et le préfet, essayaient, mais en vain, de faire revenir Raymond à des idées plus enjouées.

On arriva chez Bignon.

— N'avez-vous pas quelque histoire de jettature a nous raconter, demanda le maire de Saint-Devil.

Le député n'y comprenait plus rien.

— Oh ! si répondit M. de Sir-Lady. Décidément le napolitain de notre cher baron Casoar ne vous a pas énormément plu. Laissez-moi vous raconter une aventure... œil pour œil !

Quelqu'un qui a été bien occupé pendant son dernier congé, c'est le lieutenant d'Arcachon-Thémines. Lorsque l'on est bien avec son colonel, on part un jour avant la date indiquée sur la permission, quelquefois deux jours auparavant : total, trente-trois jours.

Donc, si on n'avait, par une cour assidue, préparé quelques conquêtes, il faudrait vivre sur les anciennes. Mais le lieutenant d'Arcachon-Thémines en chasseur diligent avait préparé les voies dès l'année dernière. Il avait fort courtisé Mme d'Épinevinette et le moment dit psychologique était arrivé. A peine à Paris, avant même de s'accorder le régal d'un bavardage avec les amis dans la salle du Sport ou du camp de Châlons, d'Arcachon-Thémines, se présenta chez Mme d'Épinevinette, à laquelle il expliqua qu'un homme qui n'a que trente-trois jours de permission doit être traité avec égard.

Mme d'Épinevinette le comprit si bien, que

quelques jours après, elle était entre quatre et cinq heures en tête-à-tête avec d'Arcachon-Thémines, auquel un de ses amis avait prêté pour la circonstance l'appartement de garçon de son frère absent; appartement modeste situé dans sa maison.

Mme d'Épinevinette but beaucoup de vin de Champagne, — ce jour-là, sachant son faible, le lieutenant en avait apporté, — mangea des biscuits, grignota quelques tranches d'ananas — baignées dans le vin de Champagne, les tranches d'ananas sont souveraines en pareil cas — et fut, il faut en convenir, d'un abandon charmant. Le lieutenant ne but pas de vin de Champagne, mais fut plein de verve et d'entrain. Il n'y a aucune exagération à dire que les heures s'envolèrent; pourtant il fallait se séparer. Le lieutenant avait toujours quelque chose à ajouter; c'était à n'en plus finir.

Mme d'Épinevinette l'en grondait le plus tendrement du monde, tout en promenant son regard alangui tout autour du joli fumoir-boudoir où se passait le rendez-vous.

XVIII

Tout à coup sa voix s'arrêta dans sa gorge, une pâleur mortelle envahit son visage; elle s'arracha brusquement des bras du lieutenant et folle de terreur et se rencognant dans un coin de la pièce, dirigea son bras vers un point de la boiserie où apparaissait, par une fente pratiquée dans la tenture, un œil fixe et grand ouvert.

Le lieutenant est brave, chacun le sait; pourtant une sueur froide perla sur son front, Il n'y avait point à en douter, un œil avait assisté à leurs amours; un œil avait tout vu... On montait à l'appartement de garçon prêté par un escalier de service, et la pièce où ils se trouvaient était longée par le corridor sur lequel s'ouvraient les chambres de domestiques; donc il avait été facile de s'y glisser; ils étaient épiés, trahis; l'idée de la mort ne les effraye pas. L'Œil, s'étant aperçu au changement d'allures qu'il avait été découvert, s'était retiré précipitamment. Impossible de savoir au juste à qui il appartenait. Mme d'Épinevinette, plus morte que vive, essayait de murmurer quelques mots à l'oreille de son amant; mais ses dents claquaient si fort qu'elle articulait avec peine.

— Si mon mari....

— Du courage; est-ce que M. d'Épinevinette avait l'air préoccupé au déjeuner?

— Non; il est sorti comme à l'ordinaire, un peu avant moi, pour se rendre au cercle.

— Si au moins j'avais mon sabre, pensai d'Arcachon-Thémines... Restez dans la pièce du fond, ajouta-t-il, je vais sortir; je ne sais ce qui arrivera... je suis décidé à tout... Dès que j'aurai franchi la porte, enfermez-vous. Si je ne viens pas... — Ah! Clotilde!... Mais ne tardons pas à savoir la vérité... l'heure du votre dîner nous presse, car si par bonheur M. d'Épinevinette ignore...

Mme d'Épinevinette se jeta dans les bras du lieutenant.

D'Arcachon-Thémines, correctement vêtu, ouvrit sans bruit la porte qui se referma derrière lui, et sur la pointe du pied s'engagea dans le corridor.

Personne... A un coude que formait ce corridor était, devant une fenêtre ouverte, un grand diable de domestique qui paraissait très-absorbé par le soin qu'il mettait à entrer des embauchoirs dans des bottines qu'il frottait ensuite avec une brosse et un chiffon de laine.

La présence du lieutenant ne lui donna aucune distraction. Celui-ci descendit le premier étage pensant que la personne qui l'avait sur pris l'y attendait peut-être; personne ne s'y trouvait en ce moment.

Le lieutenant attendit, puis parcourut l'escalier du haut en bas. Aucun passant n'y parut. Pendant cette station le domestique dont la besogne était finie quitta la fenêtre où il l'avait faite ; tout rentra dans le silence. L'escalier était libre. Mme d'Épinevinette, l'œil collé à la fente cause de tous ses maux ou l'oreille tendue à la porte, attendait la mort...

Le lieutenant frappa, et la rassura.

— Personne : ne perdez pas un instant, sortez et rentrez chez vous. Je vous suivrai à trente pas, jusqu'à ce que vous soyez en sûreté.

Il ne s'agissait pas de perdre du temps en étreintes et en discours; Mme d'Épinevinette ne se fit pas donner l'avis deux fois. Elle descendit l'escalier et rentra chez elle sans tourner la tête.

Le lieutenant respira, attendit un grand quart d'heure sous la porte d'une maison voisine; l'hôtel d'Épinevinette était dans un calme profond.

Ils étaient sauvés!

XIX

Nonobstant, le lieutenant retourna au logis d'emprunt et raconta à celui qui le lui avait prêté, l'apparition de l'œil et la présence du domestique à la fenêtre du corridor.

— Je vais sonner pour avoir mes bottes : vous verrez si vous reconnaissez l'œil.

Le domestique entra, posa les bottines et sortit aussitôt.

— C'est bien lui!

— Très-bien. Mon cher ami, je vais lui donner son compte pour la morale et pour votre sécurité. Ne vous tourmentez point de cette affaire. D'après votre récit, je suppose que ce valet ne pourra jamais reconnaître l'inconnue. Vous comprenez que les conditions toutes particulières où il l'a vue... Quant à vous qui venez si rarement à Paris, il est probable qu'il ne vous connait pas non plus; ainsi n'ayez de tout ceci que le souvenir d'heures charmantes, et ramenez votre colombe quand vous voudrez, je me charge du reste. Je suis vraiment désolé du petit désagrément que vous venez d'éprouver.

— Comment! mais c'est moi qui suis fort contrarié de vous priver d'un de vos gens...

— Pas du tout : ce garçon-là me déplaisait et cire fort mal mes bottes; tout est pour le mieux.

Cette affaire arrangée et l'échange de quelques billets avec Mme d'Épinevinette ayant dissipé toute crainte de vengeance conjugale, d'Arcachon-Thémines vaqua à quelques devoirs de famille et de société. Il alla tout d'abord voir sa bonne tante de Sainte-Lucie. La chère dame le savait à Paris depuis plusieurs jours, mais ne lui tint point rigueur, et lui rappela qu'il avait son couvert mis chez elle comme toujours.

— J'en profiterai dès demain, ma tante.

— Quand tu voudras, mon enfant; tu seras content de ma cuisinière, c'est une fine saucière, car j'oublie de te dire que j'ai été obligée de renouveler mon personnel. Mon vieux ménage s'est retiré; ah! il a les invalides. J'ai donc pris un nouveau cordon-bleu et un jeune domestique...

— Ma tante, votre maison sera toujours excellente, personne ne s'y entend comme vous.

— A demain, flatteur.

Le lendemain, la seconde cuillerée de potage du lieutenant n'arriva pas à sa bouche; placé en face de sa vénérable tante, il avait vu, au-dessus de son bonnet de blonde et ruban de satin gris, l'Œil!

D'Arcachon-Thémines ne put pas dîner. Il avala, pour calmer les inquiétudes de sa parente, une aile de faisan d'une bouchée, une cuillerée de chicorée au velouté, et était dans un état de vrai malaise quand il offrit le bras à sa tante de Sainte-Lucie pour rentrer dans le salon.

Il s'était montré fort silencieux, occupé qu'il était à chercher une entrée en matière pour miner la situation de l'*œil maudit*.

— Je ne te trouve pas aussi causant que d'habitude quand tu arrives de garnison, dit la bonne dame; tu as quelque chose?

— Il est impossible de vous tromper, ma tante.

— Qu'est-ce que c'est? confesse-toi.

— Vous vous moquerez de moi.

— Va toujours.

Le lieutenant ne répondait pas et tortillait sa moustache; tout à coup :

— Ma tante, croyez-vous au mauvais œil?

— Pas le moins du monde, mon enfant : tu sais que toute sorcellerie est condamnée par notre cher catholicisme.

— Alors nous ne nous comprendrions pas.

— Pourquoi, mon enfant? est-il nécessaire qu'instantanément j'entre dans d'absurdes superstitions pour te plaire?

Alors commencèrent de longs récits où l'Afrique, l'Italie, la Bohême apportèrent leur contingent.

Conclusion : si madame de Sainte-Lucie ne renvoyait pas immédiatement son domestique, le lieutenant ne passerait jamais capitaine, et après mille accidents serait fauché dans sa fleur...

— Tu es fou, et d'ailleurs, à quoi as-tu vu que ce valet...

— Je ne m'y trompe pas, allez! Tout l'indique... Vous n'avez donc pas regardé son œil...

— Ma foi, non...

Le lieutenant resta jusqu'à dix heures, quoiqu'il eût beaucoup de choses à faire pour arriver à arracher à madame de Sainte-Lucie la promesse d'éconduire : l'Œil.

Enfin, puisque le repos de son neveu l'exigeait, elle y consentit. Il la remercia, lui baisa la main et prit congé. Il traversa l'antichambre comme une flèche et respira comme un homme auquel une grande inquiétude vient d'être ôtée.

XX

La bonne dame réfléchissait à la bizarrerie de son neveu, lorsqu'un visiteur tardif lui fut annoncé par le timbre.

C'était cet excellent M. d'Epinevinette qui, avant d'aller en grand raout, venait passer une demi-heure chez madame de Sainte-Lucie.

Cette visite ne la sortit qu'à moitié de sa préoccupation, car au bout des quelques phrases obligées, elle dit :

— Vous n'auriez pas besoin d'un excellent domestique, par hasard ?

— Si, justement j'en cherche un. Ma maison est horrible en ce moment ! Je n'ai que des momies ou des sujets pendables. Vous me rendrez un vrai service ?

— Comment donc, mais c'est moi : voulez-vous le voir ?

— C'est donc quelqu'un de chez vous?

— Oui, je ne l'ai que depuis peu, et j'en étais fort contente ; mais je suis obligée de le renvoyer.

— Permettez-moi de vous demander pourquoi?

— Oh ! une bêtise, permettez-moi de vous la

taire. C'est moins que rien ; vous en ririez... Je vous jure sur l'honneur, que le motif qui m'oblige à renvoyer ce serviteur n'a trait en rien ni à sa probité ni à ses talents. C'est une affaire particulière ; je vous saurai gré de ne pas insister et je vous réponds du sujet...

On fit comparaître l'Œil, l'affaire fut vite conclue et les trois contractants des plus satisfaisants. La maison de madame de Sainte-Lucie paraissait un tant soit peu sévère au valet et il la quittait avec plaisir, d'autant plus que celle de M. d'Épinevinette était renommée pour son luxe et son élégance.

Quoiqu'on y déjeunât à midi un quart, madame d'Épinevinette arrivait toujours à table un peu en retard. Son mari avait souvent mangé les deux premiers plats, quand elle se décidait à paraître enveloppée de sa robe de chambre et coiffée d'une fanchon de malines, dont elle étirait les brides sous son menton pendant cinq bonnes minutes, avant de casser la coquille de son œuf qui l'attendait perché sur son coquetier d'or à réchaud d'eau bouillante.

Ce jour-là elle avait mille choses à raconter, car le bal de la veille avait été très-gai.

— Figurez-vous, dit-elle à son mari, que j'ai soupé à la table des six privilégiées : la duchesse, la...

Madame d'Épinevinette s'arrêta court... l'Œil l'avait médusée.

— Qu'avez-vous, chère amie? voulez-vous du sel pour votre œuf?

La figure de la pauvre femme était effrayante.

— Ah çà, est-ce que vous vous trouvez mal? vous êtes toute pâle. Je vais faire ouvrir une fenêtre. On aura trop chauffé le calorifère, c'est comme une étuve.

Pendant que chacun s'agitait, madame d'Épinevinette avait fait cette réflexion que l'œil ne pouvait la reconnaître d'une manière certaine, peut-être même ne la reconnaîtrait-il point du tout. Donc la situation pouvait être sauvée. Elle fit signe qu'il était inutile de rien ouvrir, qu'elle se trouvait mieux et gagna sa chambre où son mari la suivit.

Il fallait une inspiration ; elle l'eut !

Quand ils furent seuls et que l'incarnat revenu à ses joues eut rendu toute quiétude à M. d'Epinevinette :

— Ah çà ! mon cher, avec votre manière de tatillonner toujours et d'arrêter des domestiques sans m'en parler, vous avez fait une jolie bévue !

— Ma chère amie, le service allait de mal en pis chez vous. J'ai trouvé par occasion ce domestique qui me paraît excellent. Je l'ai arrêté sans vous en parler, sachant que tous nos derniers déboires vous avaient fort découragée à ce sujet ; voilà !

— Vous avez vu le résultat de votre belle équipée; j'ai manqué de tomber à la renverse. C'est à se trouver mal, c'est à mourir. Vous n'avez donc pas de nez?

— Comment cela?

— Au reste, je l'ai remarqué, vous avez le nerf olfactif comme atrophié.

— Mais je ne vois pas cela du tout.

— Ce domestique empoisonne des pieds; je vous dis que c'est à tuer; la salle à manger était infectée. Quant à moi, je ne pourrais supporter cela, fût-ce une heure.

— C'est extraordinaire, je ne m'en suis nullement aperçu.

— Je vous dis que de ce côté-là vous n'êtes pas difficile.

— D'ailleurs je mangeais du faisan; il est possible...

— Écoutez-moi bien : il faut le renvoyer de suite; mais comme ces expéditions-là vous sont très-désagréables, je le sais, ce qui fait votre éloge, par parenthèse, laissez-moi charger Mélanie, ma femme de chambre, de régler avec lui. On lui donnera une gratification, tout sera dit. Vous trouverez la chose faite tantôt et l'hôtel aéré, je vous le promets. Pouah ! j'en suis encore tout affadie.

M. d'Épinevinette n'entamait pas la discussion pour une affaire d'aussi mince importance

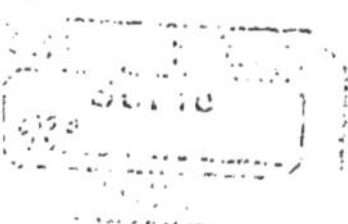

Un cachot de pestiférés à Milan.

surtout. Cette affaire lui sortit de la tête ou à peu près. Pourtant, un des jours suivants, il dit malicieusement à madame de Sainte-Lucie, qu'il visitait toutes les semaines :

— Eh, eh, chère madame ! j'ai un nez tout comme un autre !

Madame de Sainte-Lucie faisait la figure de quelqu'un qui ne comprend pas.

— Oui, oui ; vous faites l'innocente, vous avez donc cru que mon nerf olfactif était détruit...

— Je ne sais pas du tout de quoi il s'agit.

— Du domestique. Je sais pourquoi vous faisiez la mystérieuse sur le sujet qui... Mais dame ! écoutez, il n'y avait pas moyen d'y tenir...

— Voulez-vous vous expliquer plus clairement ?

Et comme M. d'Épinevinette était un homme très-bien élevé, il pensa exprimer sa pensée le mieux possible en ajoutant d'un ton malicieux :

— Enfin n'en parlons plus, chère madame, mais il avait de mauvais pieds, il faut en convenir.

— Qu'est-ce que vous dites donc ! vous aussi ? Seulement vous vous trompez ; c'est mauvais œil que voulez dire... décidément il y a deux quelque chose...

XXI

M. d'Épinevinette n'insista pas et madame de Sainte-Lucie pensa à part elle que des superstitions fâcheuses gagnaient chaque jour du terrain : aujourd'hui mauvais œil, demain mauvais pied ; à quoi bon tant de siècles de lumière pour que des gens éclairés en soient encore là...

Mais il était dit que le lieutenant n'aurait point un instant de repos pendant ce congé-là ; car l'autre matin on lui annonça qu'un homme qui avait l'air d'un valet de bonne maison demandait à lui parler. Il devina immédiatement de quoi il s'agissait.

— Qu'il entre, dit-il du ton résolu qui convient à un officier d'état-major.

Le valet, correctement vêtu de noir, attendit que la porte fût bien refermée.

— Mon lieutenant, je ne croyais pas avoir un œil si remarquable... Cet œil a fait ma perte ; pardonnez-moi, car je suis assez puni... Et puis pardonnez-moi aussi parce que je crois que vous en auriez peut-être fait autant à ma place... Voyez où j'en suis : j'ai perdu ma place chez votre ami où je comptais rester toute ma vie. Madame de Sainte-Lucie, qui est si bonne, m'a renvoyé, et madame d'Épinevinette, qui est si juste, m'a fait éconduire : je suis sur le pavé...

— Vous n'avez pas la prétention, répondit d'Arcachon-Thémines, que je vous prenne à mon service ?

— Eh non ! mon lieutenant ; seulement, puisque je ne peux plus être placé dans la bonne société et chez les gens comme il faut auxquels je suis habitué, je viens vous demander de m'aider à m'établir...

— Allons vite, finissons-en ; combien vous faut-il ?

— Je voudrais acheter un petit fonds de marchand de vin de quinze mille francs. On y mange aussi, c'est avantageux...

— Ah çà, où se trouve-t-il ce fonds, pas dans ce quartier-ci, j'imagine ?

— Oh ! non, monsieur, pour ce prix-là. C'est à Levallois qu'il est...

— C'est bien ; comptez sur moi, si je puis compter sur vous ?...

— Oh ! mon lieutenant !

Et pendant qu'on reconduisait l'Œil, d'Arcachon-Thémines pensait qu'on est vraiment bête de venir en permission pour y trouver, pour tout régal le mauvais sort !

XXII

— Je suis décidé, dit brusquement M. d'Aspis, à laisser de côté cette affaire de Louvard.

Je pars ce soir pour l'Italie.

— Comment !... au moment préparatoire des élections, fit avec anxiété le baron Casoar.

— Mon cher, dit Sir-Lady, en allumant son *régalia*, je vous trouve bien changé, permettez-moi de vous le dire et si vous m'accordiez d'être indiscret je vous demanderais si vous avez des motifs bien... sérieux pour nous parler ainsi.

— Bien sérieux ! mes chers amis, répondit d'Aspis ; mais, croyez-le, je ne saurais trop vous remercier de l'empressement affectueux que vous voulez bien mettre, vous, monsieur le député, et vous, monsieur le préfet, à m'être agréable et utile dans une circonstance pénible pour moi.

Le baron et le préfet se regardèrent interdits.

Mais M. d'Aspis continua :

— Je suis presque décidé à abandonner ce gredin qui fait du chantage, qui en définitive m'agace et m'ennuie. Je dis plus, sa cause m'humilie.

— Mais qui pourrait vous rendre responsable des paroles ou des lubies de cet animal ? dit tout à coup M. de Sir-Lady.

— Et moi j'espère que vous plaisantez, cher d'Aspis ! disait le député.

— Non, messieurs, n'insistez pas. Depuis hier au soir mon parti est pris. Je vais faire un tour en Italie. Je serai de retour pour les élections... mon concours vous est acquis.

Le baron respira plus librement.

Le préfet reprit son meilleur sourire.

— Alors c'est une cause intime ! se hasarda-t-il à dire... dans tous les cas, nous vous remplacerons pour vous ôter tout souci à l'endroit de ce Louvard.

Raymond ne répondit pas. Il humait longuement un verre de vieux cognac des Charentes que le baron Casoar avait tout spécialement recommandé au sommelier du restaurant à la mode.

Puis il reprit :

— Vous ne devineriez jamais ce que je vais faire.

Casoar et Sir-Lady déjà surabondamment intrigués ouvrirent encore les yeux et les oreilles.

— Je vais étudier là-bas l'histoire de la peste de Milan.

Je veux traduire l'une des plus belles pages des *Fiancés*, de Manzoni.

Il y eut, à ces mots, un silence caractéristique. Qui sait si les deux personnages ne se demandèrent pas *in petto* chacun à part soi, si Raymond n'était pas...

Pourtant rien ne décelait un dérangement d'esprit chez le maire de Saint-Devil.

Il obéissait sans doute à une idée fixe, celle de s'éloigner de Paris, à cause de Berthe.

Les révélations nouvelles de M. Guy-Roger étaient-elles pour quelque chose dans cette brusque et étonnante détermination ?

. . . .

C'était réellement le parti pris de Raymond.

Le soir il ne parut pas chez sa maîtresse.

Il s'occupait de son départ.

Casoar et Sir-Lady qui étaient des habitués du salon demi-mondain de madame de Césarée, n'oublièrent pas de paraître au cercle intime de l'élégance qui se refusait obstinément à croire à une lubie pareille de la part de Raymond.

Elle savait que son amant admirait le grand

poëte italien Manzoni ; mais de là à supposer qu'il partit pour Milan afin d'y écrire la traduction des *Fiancés*, elle était à mille lieues de l'admettre et elle demanda hardiment à MM. le baron Casoar et de Sir-Lady de douter encore.

La perte de Milan ! quel sujet pour un écrivain, pour un homme intelligent et de loisirs ! mais combien cela faisait contraste avec les idées qui devaient préoccuper Raymond d'Aspis.

Puisque ce sujet se présente sous notre plume, laissons dans cet ouvrage la trace d'un dramatique sujet qui venait si étrangement solliciter, comme une diversion nécessaire, l'esprit et la plume de M. Raymond d'Aspis.

XXIII

Il y a deux mois, au moment où les événements d'Orient paraissaient entrés dans leur crise aiguë, quand on annonçait la levée en masse de tous les Turcs d'Asie, le bruit a couru que ces musulmans apportaient avec eux la peste.

On s'est d'abord beaucoup inquiété du fléau, puis on n'en a plus parlé du tout.

On peut donc s'en occuper aujourd'hui comme d'un danger auquel a échappé l'Europe ; et ce danger n'était pas mince, comme le lecteur pourra en juger par les coupures suivantes faites au célèbre livre de Manzoni : *Les Fiancés*.

L'auteur décrit la peste qui sévit à Milan au dix-septième siècle.

Ce fut un soldat italien, au service d'Espagne qui apporta la peste. Ce malheureux, chargé de maux, avait un grand amas de hardes qu'il avait achetées ou dérobées aux soldats allemands. Il alla loger chez ses parents, dans le faubourg de la Porte-Orientale, près du couvent des Capucins. A peine arrivé, il tomba malade et fut porté à l'hôpital. Les symptômes du mal qui le travaillait en firent soupçonner la nature au médecin qui le soignait. Il succomba le quatrième jour.

Le Tribunal de la Santé fit condamner la maison qu'il avait habitée et y séquestra sa famille. Ses vêtements et le lit qu'il avait occupé furent livrés aux flammes. Deux servants qui lui avaient donné leurs soins et un bon frère qui l'avait assisté tombèrent malades peu de jours après, et tous trois de la peste. Le soupçon qu'on avait eu, dès le principe, de la nature du mal et les précautions dont on usa, empêchèrent la contagion de se propager davantage.

Mais le soldat en avait laissé au dehors des semences qui ne tardèrent pas à germer. Le maître de la maison où il avait logé en fut atteint le premier. C'était un nommé Carlo Colonna, joueur de luth.

Alors tous les habitants de cette maison furent conduits au Lazaret par ordre du Tribunal de la Santé. Quelques-uns y moururent, évidemment d'une maladie contagieuse.....

XXIV

Cependant il devenait de jour en jour plus difficile de faire face aux exigences douloureuses des circonstances...

On avait vu de nouveau, ou cette fois on

avait cru voir les murailles, les portes des édifices publics, celles des maisons, des marteaux enduits de substances vénéneuses. La nouvelle de ces découvertes volait de bouche en bouche : ainsi qu'il arrive la plupart du temps dans les grandes préoccupations, entendre raconter la chose produisait autant d'effet que de la voir. Les esprits, toujours plus aigris par les maux présents, et irrités par l'imminence du danger, embrassaient plus volontiers cette croyance : car la colère désire ardemment de punir ; et elle aime mieux attribuer ses maux à une méchanceté humaine contre laquelle elle puisse exercer l'activité qui la tourmente, que de les attribuer à une cause avec laquelle il n'y a qu'à se résigner. L'idée d'un poison subtil, instantané, pénétrant, était plus que suffisante pour expliquer la violence, tous les accidents les plus incompréhensibles et les plus désordonnés de la maladie. On disait ce poison composé de crapauds, de serpents, de pus et de bave de pestiférés, de tout ce que des imaginations féroces et perverses avaient pu trouver de plus atroce et de plus révoltant. On y ajoutait aussi les maléfices, par lesquels tout effet devenait possible, toute objection devenait sans force, toute difficulté se résolvait.

Si les effets n'avaient pas immédiatement suivi la première tentative, on en devinait aisément la cause : elle avait été faite par des empoisonneurs encore novices ; maintenant l'art s'était perfectionné, et les volontés s'étaient mieux affermies dans leur infernale résolution. Si quelqu'un avait osé soutenir alors que c'avait été une plaisanterie, s'il avait nié l'existence d'une noire intrigue, il aurait passé pour aveugle, pour obstiné, si toutefois il n'avait pas encouru le soupçon d'être intéressé à détourner de la vérité l'attention publique, d'être un complice, un empoisonneur. Le mot fut bientôt dans toutes les bouches : il avait quelque chose de solennel et de terrible. Avec une telle persuasion qu'il y avait des empoisonneurs, on en devait presque infailliblement découvrir. Tous les yeux y veillaient ; l'action la plus indifférente pouvait exciter le soupçon : le soupçon se changeait bientôt en certitude, la certitude en fureur.

Les chroniqueurs en citent deux exemples que nous allons rapporter.

Dans l'église de San-Antonio, un jour de solennité, un vieillard plus qu'octogénaire, après avoir prié à genoux, voulut s'asseoir, et auparavant il essuya la poussière du banc avec sa cape. « Ce vieillard empoisonne les bancs ! » s'écrièrent d'une seule voix quelques femmes qui le virent faire. La foule qui se trouvait dans l'église (dans l'église !) se jette aussitôt sur le vieillard, lui arrache ses cheveux blancs, le frappe à coups de poing et de pied, le tire dehors à demi mort, pour le traîner à la prison, devant les juges, à la torture..... J'ai vu ce malheureux, dit Ripamonti, et je n'ai pas su la fin de sa malheureuse histoire ; mais je crois bien qu'il n'a eu que quelques moments à vivre. »

XXV

L'autre événement fut du lendemain. Il fut aussi étrange, mais non moins funeste.

Trois jeunes Français, un savant, un peintre et un artisan, venus pour visiter l'Italie, pour en étudier les antiquités, et pour chercher à y gagner quelque argent, s'étaient approchés de je ne sais quelle partie extérieure de la cathédrale, et s'étaient mis à la contempler très-attentivement. Un, deux, trois passants s'arrêtèrent ; on fit cercle autour d'eux ; on ne les perdit pas de vue un seul moment, car leur habit, leur coiffure, leur valise, les accusaient d'être étrangers et, qui pis est, Français. Comme pour s'assurer que c'était du marbre, ils étendirent la main pour toucher la muraille. Ce fut assez. En un moment, ils furent enveloppés, arrêtés, maltraités, accablés de coups, traînés à la prison. Heureusement le Palais-de-Justice est peu éloigné de la cathédrale, et plus heureusement encore ils furent trouvés innocents.

Ces choses n'arrivaient pas seulement dans la ville. La frénésie s'était propagée comme la contagion. Le voyageur rencontré par des paysans hors de la grand'route, ou qui, sur la grand'route même, musait ou ralentissait le pas, ou s'étendait pour se reposer, l'inconnu à qui l'on trouvait dans la figure ou dans les habits quelque chose d'étrange ou de suspect, étaient des empoisonneurs. Au premier avis du premier venu, au cri d'un enfant, le tocsin sonnait, on accourait; les infortunés étaient assaillis d'une grêle de pierres ou saisis et conduits violemment en prison. Et la prison fut, pendant un certain temps, un lieu de sûreté.

Cependant, les décurions, à qui le refus du sage prélat n'avait pas fait perdre tout espoir, redoublaient leurs instances que le vœu public secondait par ses clameurs (1). Le cardinal persista pendant quelque temps encore; il chercha à les dissuader; c'est là tout ce que peut la raison contre l'esprit de son temps et les volontés de la multitude. Il finit par céder. Il fit plus : il consentit que la châsse qui renfermait les reliques de saint Charles fût exposée pendant huit jours à la vénération publique sur le maître-autel de la cathédrale. Le Tribunal de la Santé ni les autres autorités ne paraissaient y avoir mis aucune opposition ni fait aucune espèce de remontrance. Seulement, le Tribunal ordonna quelques précautions, qui, sans obvier au danger, en indiquaient le sentiment. Il porta des ordres plus sévères pour empêcher les gens du dehors d'entrer dans la ville, et, afin d'en mieux assurer l'exécution, il fit fermer les portes. Il voulut aussi éloigner autant que possible de cet immense concours de peuple, les gens infectés et les suspects; il fit clouer les portes des maisons sequestrées. Au dire d'un écrivain contemporain, leur nombre s'élevait à près de cinq cents.

On employa trois jours aux préparatifs. Le 11 juin, la procession sortit de la cathédrale au point du jour. Une longue file de peuple, composée pour la plupart de femmes, le visage couvert de grands masques de soie, et beaucoup d'entre elles, les pieds nus et revêtues d'un cilice, marchait la première. Les métiers venaient ensuite, précédés de leurs bannières; les confréries, en habits de formes et de couleurs différentes; puis les couvents, puis le clergé séculier, chacun avec les insignes de son rang, et tenant à la main un cierge allumé. Au milieu, parmi la lumière éclatante des flambeaux, parmi le bruit retentissant des cantiques, sous un riche dais, s'avançait la châsse, portée alternativement par quatre chanoines en longs habits de soie. A travers le cristal, on voyait la dépouille mortelle du saint, revêtu d'habits pontificaux, la tête couverte de la mitre. Dans ses traits mutilés et décomposés, on pouvait encore distinguer quelques traces de son ancien aspect, tel que nous le représentent les images, tel que quelques spectateurs se souvenaient de l'avoir vu et honoré quand il vivait. Derrière la dépouille du saint prélat, dit Ripamonti, à qui nous empruntons cette relation, et rapproché de lui par les mérites, le rang et la dignité, aussi bien que par sa personne, venait l'archevêque Federigo. L'autre partie du clergé marchait à la suite, et avec elle les magistrats en habits de cérémonie ; puis la noblesse : les uns, magnifiquement vêtus, comme pour mieux s'associer aux pompes du culte ; les autres, en signe de pénitence, en habits de deuil et les pieds nus

(1) On avait demandé au cardinal-archevêque que l'on fît une procession solennelle, en promenant par la ville le corps de saint Charles.

recouverts de cilices, avec un capuchon renversé sur le visage, tous avec de grandes torches. Un vaste amas de peuple terminait le cortége.

XXVI

Toute la rue était ornée comme aux jours de fête. Les riches avaient sorti leurs ameublements les plus précieux ; les façades des maisons les plus pauvres avaient été décorées par les voisins qui étaient à leur aise, ou aux frais du public. Ici, au lieu de tentures, et là, sur les tentures mêmes, étaient des rameaux de feuillage ; de tous côtés pendaient des tableaux, des inscriptions, des devises ; sur les balcons étaient étalés les roses, de riches antiquités, des meubles précieux ; de toutes parts brillaient les flambeaux. A plusieurs de ces fenêtres, des malades séquestrés regardaient cette pompeuse procession, et mêlaient leurs prières à celles des passants. Les autres rues étaient muettes et désertes ; seulement, quelques personnes, du haut des fenêtres, prêtaient l'oreille à cette rumeur vagabonde ; d'autres, et parmi elles on voyait jusqu'à des religieuses, étaient montées sur les toits, afin de découvrir de loin si c'était possible, cette châsse, ce cortége, quelque chose enfin !

La procession passa par tous les quartiers de la ville. A chacun des carrefours ou des petites places qui se trouvent au débouché des rues principales dans les faubourgs, et qui gardaient alors l'ancien nom de carrobii, aujourd'hui resté à un seul, on faisait une halte. La châsse était posée près de la croix élevée par saint Charles sur chacune de ces places, lors de la peste précédente, et dont quelques-unes sont encore debout. On ne retourne à la cathédrale que bien après le milieu du jour.

Mais le lendemain, tandis que régnait dans les esprits la présomptueuse confiance, et, chez quelques-uns, l'assurance fanatique que cette procession devait avoir mis fin à la peste, voilà que le nombre des morts augmenta dans toutes les classes, dans toutes les parties de la ville, dans une progression si effrayante et d'une manière si soudaine, que personne ne put se refuser à en voir la cause ou au moins l'occasion dans la procession même. Cependant, étonnante et déplorable puissance d'un préjugé général ! le plus grand nombre n'attribua pas cet effet à un long entassement de tant de monde, à la multiplicité des contacts fortuits ; il l'attribuait à la facilité qu'avaient eue les empoisonneurs d'exécuter en grand leurs infernales manœuvres.

On dit que, mêlés à la foule, ils avaient infecté de leur venin le plus de personnes qu'ils avaient pu. Mais comme cette idée ne pouvait pas suffire à expliquer une mortalité si vaste et répandue dans toutes les classes, comme, selon toute apparence, l'œil le plus attentif, et que le soupçon rendait si clairvoyant, n'avait pu découvrir aucune trace de souillure, aucune espèce de substance étrangère sur le passage de la procession, on recourut, pour expliquer le fait, à une autre invention déjà fort ancienne, et admise par l'opinion générale en Europe, c'est-à-dire à des poudres magiques et empoisonnées.

On assura que ces poudres, semées avec profusion sur la route, et principalement à l'endroit de chaque halte, s'étaient attachées aux pans traînants des habits, et mieux encore aux pieds du grand nombre de ceux qui avaient été ce jour-là sans chaussures : tant le pauvre esprit humain se plaît à se débattre sous le poids des fantômes qu'il a créés lui-même.

Depuis lors, la fureur de la contagion alla toujours croissant ; il n'y eut bientôt plus de

Supp. au Causeur de Paris, N° 11.

Raymond voulait visiter l'Italie, la Sicile...

maison qui n'en fût atteinte. La population du lazaret, de deux mille âmes s'éleva à douze, et même jusqu'à seize mille. La mortalité journalière dépassait cinq cents victimes, et elle arriva bientôt jusqu'à douze et même quinze cents...

Cependant la fosse immense qu'on avait creusée près du Lazaret regorgeait de cadavres; de nouveaux et d'innombrables cadavres restaient sans sépulture; le lieu et les bras manquaient à ce travail. Sans un secours extraordinaire, cette calamité serait restée sans remède. Le président de la Santé s'adressa, tout en larmes, aux deux intrépides frères qui gouvernaient le Lazaret. Le père Michel s'engagea à débarrasser, en quatre jours, la ville des cadavres qui l'obstruaient, et à creuser, en une semaine, des fosses suffisantes non-seulement au besoin du moment, mais même à ce que pouvait supposer pour l'avenir la plus sinistre prévoyance. Suivi d'un frère compagnon et d'officiers publics désignés par le président, il alla chercher des paysans dans la campagne; et, moitié par l'autorité du Tribunal, moitié par l'autorité de son habit et de ses paroles, il en réunit deux cents, qu'il répartit en trois lieux différents pour y creuser la terre. Il expédia ensuite du Lazaret des monati pour ramasser les morts. Au jour fixé, sa promesse se trouva remplie.

XXVI

Une fois le Lazaret se trouva sans médecins; ce ne fut qu'au prix de beaucoup de peine, de beaucoup de temps, de grandes offres d'argent et d'honneurs, qu'on en put trouver, mais toujours en deçà du besoin. Souvent les vivres y manquèrent au point de faire craindre que l'on n'y mourût même de faim, et plus d'une fois, tandis qu'on tentait tous les moyens possibles pour faire de l'argent ou des provisions, sans espoir non-seulement d'en trouver à temps, mais encore d'en trouver jamais, d'abondants secours arrivèrent, don inespéré de la charité des particuliers. Au milieu de la stupeur générale, de l'indifférence qu'on éprouvait pour les malheurs étrangers, indifférence que faisait naître la crainte qu'on avait pour soi-même, des âmes pieuses se trouvèrent qui furent toujours ouvertes à la charité, d'autres en qui cette vertu prit naissance de la perte de toutes les joies terrestres. De même aussi parmi la destruction ou la fuite de tant d'hommes chargés de veiller et de pourvoir à la sûreté publique, on en vit d'autres qui, toujours sains de corps et fermes de courage, restèrent fidèles à leur poste; quelques-uns même, par un admirable dévouement de piété, prirent sur eux et soutinrent avec une héroïque constance des soins auxquels ne les appelait pas leur devoir.

Ce fut surtout chez les prêtres que se fit remarquer la constance la plus entière et la plus spontanée, à se dévouer aux pénibles devoirs de ces terribles jours. Au Lazaret, dans la ville, leur assistance ne manqua jamais ; on les trouvait partout où était la souffrance, toujours mêlés et confondus parmi les languissants et les moribonds, bien souvent languissants et moribonds eux-mêmes. Avec les secours spirituels ils prodiguaient, autant du moins qu'il était en eux, les secours temporels. Plus de soixante curés, dans la ville seulement, moururent atteints par la contagion : c'était à peu près huit sur neuf.....

Dans les calamités publiques, et lorsque l'ordre accoutumé est troublé et interverti pour longtemps, on voit toujours des efforts, des sublimités de vertu ; mais on voit aussi un accroissement bien plus générale de perversité.

Cela ne manque pas d'arriver. Les scélérats que la peste épargnait et n'effrayait pas trouvèrent dans la commune confusion, dans le relâchement de la force publique, une nouvelle occasion d'activité et en même temps une nouvelle assurance d'impunité. Bien plus, l'emploi de la force publique même passe en grande partie aux mains des plus hardis d'entre eux. On ne trouvait guère pour les fonctions de monati et d'appariteurs, que des hommes sur lesquels l'attrait de la rapine et de la licence avait plus de puissance que la crainte de la contagion et les répugnances. On leur avait prescrit les règles les plus strictes, intimé les peines les plus sévères, assigné des postes ; on les avait, ainsi que nous l'avons dit, soumis à des commissaires.

Au-dessus des uns et des autres, des magistrats et des nobles étaient délégués dans chaque quartier, avec l'autorité de pourvoir sommairement à toutes les mesures d'ordre que réclamait la circonstance. Toutes ces dispositions furent suivies pendant quelque temps ; mais le nombre des morts, la désolation, l'effroi et l'isolement augmentant chaque jour, ils se trouvèrent affranchis de toute espèce de surveillance, et ils se constituèrent, les monati, surtout, arbitres de toute chose. Ils entraient en maîtres, en ennemis dans les maisons, et, sans parler du pillage, des mauvais traitements qu'ils faisaient éprouver aux malheureux que la peste condamnait à passer par leurs mains, ils appliquaient ces mains infectes et criminelles sur les personnes saines, sur les enfants, les pères, les époux, et les menaçants de les traîner au Lazaret s'ils ne se rachetaient pas ou n'étaient pas rachetées à prix d'argent. D'autres fois, ils faisaient payer leurs services ; ils refusaient d'enlever les cadavres en putréfaction, à moins de telle ou telle somme. On dit même qu'ils laissaient tomber à dessein de leurs chariots des effets infectés, pour propager et entretenir la contagion, qui était devenue pour eux une fortune, une fête, un empire. D'autres misérables se donnaient pour des monati, s'attachaient comme cela leur était prescrit pour marque distinctive et pour prévenir de leur approche, des sonnettes aux pieds, s'introduisaient dans les maisons pour les mettre à leur discrétion. Dans quelques-unes, ouvertes, vides d'habitants ou habitées seulement par quelques malheureux expirants, des voleurs entraient sans crainte pour piller ; d'autres étaient surprises et envahis par les sbires, qui y commettaient des vols et des excès de tout genre.

XXVII

En même temps que la perversité s'accrut la démence. Toutes les erreurs déjà plus ou moins dominantes prirent, de la stupeur et de l'agitation des esprits, une force extraordinaire, des applications plus vastes et plus précipitées. Tout servit à faire gagner la folle idée des empoisonnements. L'image de ce danger fantastique assiégeait et tourmentait les esprits beaucoup plus que le danger présent et réel. « Pendant, dit Ripamonti, pendant que les monceaux de cadavres entassés toujours sous les yeux, toujours sous les pas des vivants, faisaient de la ville tout entière un vaste tombeau, il y avait quelque chose de plus funeste et de plus hideux encore : c'était la défiance réciproque, la monstruosité des soupçons... On ne prenait pas seulement ombrage de son voisin, de son ami, de son hôte ; ces doux noms, ces doux liens d'époux, de père, de fils, de frère, étaient des objets de terreur ; et, chose indigne et horrible à dire ! la table domestique, le lit nuptial, étaient redoutés comme des piéges, comme des lieux ou se cache le poison.

Outre l'ambition et la cupidité, premiers motifs attribués aux empoisonneurs, on en vint à imaginer qu'ils trouvaient à cette action je ne sais quelle volupté diabolique, je ne sais quel attrait plus puissant que leur volonté. Le délire des malades, qui s'accusaient eux-mêmes de ce qu'ils avaient redouté de la part des autres, paraissait autant de révélations involontaires et rendait tout croyable à chacun. Et, plus que les paroles, les signes évidents devaient frapper les esprits, s'il arrivait que les malades, dans leur délire, fissent ce qu'ils s'étaient figuré que faisaient les empoisonneurs, circonstance d'ailleurs très-probable et propre à expliquer la persuasion générale et le témoignage de beaucoup d'écrivains.

C'est ainsi que, durant la longue et triste période des enquêtes judiciaires sur la magie, les aveux parfois volontaires des accusés ne contribuèrent pas peu à répandre et à maintenir l'opinion régnante touchant les sortiléges ; car lorsqu'une opinion obtient un vaste et long empire elle s'exprime de toutes les manières, tente toutes les issues, parcourt tous les degrés de la persuasion, et il est difficile que tout le monde croie longtemps qu'une chose se fait sans que quelqu'un vienne qui s'imagine de la faire.

XXVIII

Parmi les histoires auxquelles donna lieu ce délire des empoisonnements, il en est une qui mérite d'être rapportée, à cause du chemin qu'elle parcourut.

On racontait que, tel jour, tel citoyen avait vu s'arrêter sur la place de la Cathédrale un équipage à six chevaux. Dedans, avec une nombreuse suite, était un grand personnage, l'air noble et majestueux, mais le teint sombre et bronzé, les yeux enflammés, les cheveux hérissés, les lèvres contractées et menaçantes. Le spectateur, invité à monter dans la voiture, y était monté.

Après un court circuit, on avait fait halte et l'on était descendu à la porte d'un palais. Il y était entré avec les autres et il avait vu des scènes de délices et des scènes d'horreurs, d'affreux déserts et de riants jardins, de sombres cavernes et de magnifiques salons. Des fantômes y étaient assis en conseil. On lui avait montré de grandes caisses d'argent et on lui avait dit qu'il en pouvait prendre autant qu'il lui plairait, pourvu qu'il acceptât en même temps un petit vase de poison et qu'il en allât empoisonner la ville. Il avait refusé, et en un moment il s'était trouvé au lieu où on l'était venu prendre.

Cette histoire, généralement crue par le peuple, et dont beaucoup d'esprits forts ne se moquèrent pas assez, se répandit par toute l'Italie et au loin. On en fit une estampe en Allemagne. L'archevêque électeur de Mayence écrivit au cardinal Federigo pour lui demander ce qu'il fallait croire des prodiges que l'on racontait sur Milan, et celui-ci répondit que c'étaient des rêves.

Les rêves des savants, s'ils n'étaient pas de même nature que ceux du vulgaire, étaient de même valeur et les effets n'en étaient pas moins désastreux. La plupart voyaient le signal et tout à la fois la cause de ces calamités dans une comète apparue en 1628, et dans la conjonction de Saturne et de Jupiter. Les médecins eux-mêmes, qui comme Tadino et Settela, avaient, dès le principe, annoncé la peste, qui l'avaient vue entrer, l'avaient suivie de l'œil et avaient assisté à ses progrès, finirent par céder à l'entraînement populaire et attribuèrent à des empoisonnements, à des conjurations diaboliques les accidents ordinaires de la maladie. Les magistrats, chaque jour en moindre nombre, troublés, aveuglés, employaient le peu qui leur restât de vigilance et de résolution à chercher les empoisonneurs, et malheureusement ils crurent en avoir trouvé. Il y aurait un long et douloureux récit à faire de tous ces procès.

XXIX

Ce qui précède démontre que les idées de M. Raymond d'Aspis n'étaient plus en leur parfait équilibre.

Il avait dû recevoir quelque nouvelle ou apprendre une révélation soudaine.

Aux instances réitérées de M. le préfet de la Haute-Plaine et du député influent, Casoar, il répondait qu'il ne ferait rien pour Louvard, qu'on pouvait se passer de lui et le gracier sans son concours.

Le préfet pâlit et il se hasarda à répliquer par ces mots :

— Mon cher, vous vous feriez le plus grand tort si vous vous désintéressiez de cette affaire.

Piqué au vif, Raymond répartit :

— Qu'entendez-vous par ces paroles, monsieur le préfet ?

— Allons, mes chers amis, j'espère bien que ce forçat de malheur ne va pas nous faire perdre notre gaieté d'autrefois.

M. de Sir-Lady s'efforça, lui aussi, de ramener la conversation sur un terrain plus conciliant. M. d'Aspis, on ne le devinait que trop, paraissait fâché et d'autant plus fâché que le nom de madame de Cesarei étant venu intentionnellement ou par hasard sur les lèvres du député, le maire de Saint-Devil y répondit en annonçant son ferme projet de voyager et de partir sous peu d'heures.

— Sans revoir vos amis? lui demandèrent à la fois le préfet et le député.

— Je suis avec vous, messieurs, tout le reste m'est indifférent.

Tout le reste!... ces trois mots coupèrent court la réplique aux deux interlocuteurs.

On parla de nouveau élections.

Cela intéresait beaucoup le baron Casoar.

Et en effet on va le comprendre.

Pour la première fois, en 1863, la Haute-Plaine allait avoir une candidature d'opposition, mais d'opposition orléaniste, à mettre en avant contre le candidat officiel perpétuel, Casoar.

Celui-ci ne réfléchissait pas sans terreur à l'idée d'une lutte où il se dépenserait en somme beaucoup d'envie, de calomnies, ou de vérités et aussi beaucoup d'argent... Une défaite était possible. Il faut toujours se défier de l'imprévu, et le père de l'imprévu c'est surtout le suffrage universel!

Qui sait si d'Aspis ne va pas à l'étranger pour recevoir le mot d'ordre des princes?...

XXX

Cette subite réflexions, tout intime, de Casoar, fit tressaillir involontairement celui-ci.

— Cher d'Aspis, lui dit-il alors familièrement, mais avec toutes les inflexions de la câlinerie suppliante, vous verra-t-on ce soir chez madame de Césarei. Nous sommes ce soir de son cercle, Sir-Lady, moi et quelques-uns de nos meilleurs amis, des personnages officiels, car je réponds qu'il en viendra...

— Monsieur le baron, à huit heures ce soir, je serai hors Paris et courant au gré de la vapeur.

— Mais, cher ami, toute affaire de caprice à part, et permettez-moi cette expression, car vous avez tous les avantages de l'âge et de la situation pour qu'on vous attribue tous les caprices aimables; mais franchement, cher ami, il faut d'abord vous débarrasser de Louvard et j'en ai fait une question personnelle.

— Je vous remercie, monsieur le baron, répondis d'Aspis. Mais j'ai bien le droit, au besoin, de laisser à la justice le soin de faire une enquête et de me mettre à sa disposition au besoin. Il y a peut-être plus de dignité pour moi à abandonner ce gredin.

— Avant tout, il faut examiner la question d'opportunité et d'intérêt, répliqua le préfet.

— Je n'y contredis pas, messieurs, mais cette affaire m'égare et vous me pardonnerez de vous parler ainsi puisque le premier j'en ai subi les désagréables conséquences.....

On n'insista plus.

Il demeura convenu que ce jour même le baron Casoar et Sir-Lady se présenteraient à cinq heures chez Raymond d'Aspis pour le saluer et lui souhaiter bon voyage.

Cela contrariait Raymond.

Mais le préfet qui avait eu cette idée subite insista avec une telle amabilité pressante que le jeune maire de Saint-Devil ne put plus se dérober à l'honneur de ce salut de l'étrier.

XXXI

Que s'était-il passé dans l'esprit de Raymond?

Etait-ce le courrier du matin qui l'avait si littéralement changé?

Ou bien était-il revenu désabusé, éclairé, écœuré ou retourné (les expressions nous manquent) de sa soirée au théâtre passée avec Berthe?

Nous l'ignorons encore.

Toujours est-il qu'en se rendant chez lui pour donner des ordres à Bernard, il se demanda s'il ne ferait pas, au lieu d'une visite de congé un cadeau à Berthe de l'histoire du comte Pontis de Sainte-Hélène.

C'eût été terrible.

Une telle pensée disait mieux que toutes les paroles à quelles étrang s ésolutions se trouvait livrée l'âme de Raymond aujourd'hui en rupture amour.

Pouvait-il y avoir un rapport quelconque entre cette histoire d'un forçat du grand monde, la situation de Berthe et la condition de Louvard?

Nous ne le pensons pas.

Mais allez donc vous expliquer les lubies étranges des esprits décidément irrités ou affolée! Raymond, qui voulait fuir, ne revoit plus que forçats, et comme châtiment suprême après une conviction bien arrêtée dans son esprit, il voulait prouver à Berthe par un envoi équivalant à un coup de cravache qu'il n'était plus la dupe de personne.

Qu'aurait-elle eu dans ce comte Pontis de Sainte-Hélène?

Le voici :

XXXII

Dans le courant de 1806, un forçat du nom de Pierre Coignard, né en 1775, à Langeais (Indre-et-Loire), recommandé comme très-dangereux pour sa perversité, son intelligence et sa force physique, s'évadait du bagne de Toulon, où il subissait une condamnation à quinze années de fers, prononcée en 1801 par le tribunal criminel de Paris, pour une série de vols à l'aide de fausses clefs et d'effraction, compliqués d'une désertion devant l'ennemi, car, avant de devenir voleur, Coignard avait porté les armes. Enrôlé d'abord dans les grenadiers du Directoire, il avait servi un moment dans

Il rêvait au besoin de se plonger dans les mystères de la science et de sonder les merveilles de la mer.

l'armée de Sambre-et-Meuse, d'où il déserta moins par lâcheté que pour échapper à une poursuite pour meurtre et détournement de fonds, dont il avait le maniement en qualité de sergent-major. Le tribunal criminel ne retint pas cette partie de la prévention, que la justice militaire n'avait pas non plus établie.

De Toulon, où sa trace se perd, on le retrouve en Espagne, au moment de la guerre avec la France, chef d'une compagnie de partisans et possesseur d'un état civil qu'il s'est fabriqué au nom de Pontis. Il a gagné, par sa haute mine, son esprit et quelques coups de main heureux, les bonnes grâces du roi Joseph. En 1812, il est chef de bataillon d'état-major dans le corps d'armée du maréchal Soult, et s'est lié intimement, pendant un séjour à Saragosse, avec une fille remarquablement belle, Rosa Marcen, ancienne maîtresse d'un émigré, le comte de Sainte-Hélène, mort chez elle, et dont elle a conservé tous les papiers. Pontis la présente partout, même à la cour de Madrid, comme sa femme légitime, veuve, dit-il, d'un général espagnol, ami de la France. Il porte déjà le titre de comte de Sainte-Hélène, et c'est à ce nom que lui sont délivrés, quand l'armée française évacue l'Espagne, les brevets qui le confirment dans son grade, d'abord au 100e, puis au 81e régiment d'infanterie de ligne.

Il fait, en 1814, la campagne de France, entre laquelle et son retour d'Espagne il avait trouvé moyen de se faire expédier par un notaire de Soissons un acte de naissance établissant qu'il est venu au monde, en 1776, dans cette ville où avaient demeuré alors le comte et la comtesse de Sainte-Hélène, et dont les registres municipaux et paroissiaux avaient été détruits pendant la Révolution.

Aux Cent-Jours, il suit le roi à Gand, et à la rentrée des Bourbons, nommé d'emblée colonel de la légion de la Seine, devenu tout à fait, grâce à la beauté de sa femme, et à ses avantages personnels, ce qu'on appelle un homme à la mode, il ne cesse pas d'être voleur. Il a retrouvé ou fait venir à Paris un sien frère de quatorze ans plus jeune que lui et comme lui artiste en fausses clefs. C'est par ce frère, assisté de quelques complices, qu'il fait dévaliser les maisons que M. le comte et Mme la comtesse fréquentent, et dont les serrures, grâce à ce talent de preneur d'empreintes qu'il a déjà payé si cher, n'ont pas de secrets pour lui.

Une de ses premières dupes est un haut fonctionnaire de l'armée, M. l'intendant-général Prévost, qui ne l'appelle que son cousin, — tout naturellement, puisque Mme Prévost est une demoiselle de Pontis. Un jour que ses fonctions le retiennent au ministère de la guerre, où M. le comte l'a accompagné et le garde pour ainsi dire à vue, la bande exécute une razzia complète d'or, d'argenterie et de bijoux, non-seulement chez M. Prévost, mais chez M. de Champigny, l'un de ses chefs de service, retenu comme lui toute la journée dans les bureaux et comme lui grand ami du cousin de madame. Rarement, du reste, l'ancien forçat opère lui-même ; ses devoirs de militaire, d'homme du monde et de maître de maison ne lui en laissent pas le temps.

Cette existence dorée se prolonge jusqu'en 1817.

XXXIII

Un beau jour de juillet de cette année, il y avait revue au Carrousel, c'est-à-dire grande foule, et, mêlée à cette foule, qui, alors, circulait librement dans la cour du Palais et jusque dans le vestibule central qu'elle traversait pour gagner le jardin (cet état de choses a duré jusqu'en 1852), — la police particulière de Vidocq, composée, comme on sait, en grande partie de repris de justice qui obtenaient à ce prix la faveur de résider à Paris et peut-être aussi la facilité d'y commettre des méfaits.

Or, pendant que les troupes, défilant par l'Arc de Triomphe et le guichet du bord de l'eau, saluaient de leurs acclamations la famille royale placée au balcon de la salle des Maréchaux, un ces agents, le forçat libéré Calmels, stationnait tout près de l'état-major qui s'appuyait au pavillon de l'Horloge, et où son regard se fixait avec une insistance singulière sur le brillant colonel de la légion de la Seine, M. le comte Pontis de Sainte-Hélène, qui, admirablement monté, la poitrine constellée, radieux comme un homme reçu la veille au pavillon Marsan et présenté aux princesses, causait gaiement, botte à botte avec M. le général Despinois, commandant la place de Paris. Calmels attendit la fin du défilé, suivit, quand l'état-major se sépara, le colonel jusqu'à la place Vendôme et, au moment où celui-ci descendu de cheval devant l'hôtel de la 1re division, jetait la bride à son ordonnance, se présenta en pleine face, le drapeau à la main.

Saisi d'abord, mais toujours maitre de lui-même et souriant sous la pâleur qui l'envahissait :

— « Laissez entrer, monsieur, dit-il en souriant au factionnaire qui lui présentait les armes ; il est avec moi. »

Et faisant signe à l'homme qui le suivit sous le vestibule vitré du grand escalier, dont il referma la porte :

— « Que veux-tu ! lui demanda-t-il avec une volubilité haletante ; de l'argent, n'est-ce pas ?... Oui, oui, c'est moi ; tu vois que je suis franc... Dépêche-toi, je suis pressé, et il ne faut pas qu'on nous voie ensemble. Prends toujours cela, envoie-moi ton adresse, et sois gentil : je te ferai avoir une bonne place. Mais ne reviens plus ici. Qu'est-ce qui t'en reviendrait de me faire du mal ?... Allons, va, mon vieux, et compte sur moi. »

Calmels promit le silence et, l'argent empoché, ne fit qu'un saut jusqu'à la Préfecture de police. La simple réalité des fait est ici plus savante que le roman le mieux machiné. Ces deux hommes, que le hasard livrait ainsi l'un à l'autre, avaient été à Toulon compagnons, non pas seulement de captivité, mais de chaine. L'erreur était donc inadmissible, et c'est ce qui explique l'attitude de Coignard. C'est aussi ce que comprit Vidocq, qui, dès les premiers mots de son indicateur, avait jeté les hauts cris, le croyant dupe d'une ressemblance, mais qui n'hésita plus quand il l'entendit raconter la scène de l'escalier.

— S'il a « casqué » tout de suite, fit-il avec son flair si logique, c'est que tu ne te trompais pas, et ça va nous éviter de le déshabiller. Sais-tu s'il a été marqué, dans le temps ?

— Oui, bien ; mais il a fait passer ça avec des drogues et des brûlures. S'il se mettait en tête de changer de peau, il arriverait.

— Bon ! fit Vidocq ; avec une claque les lettres reparaissent. Mais tu lui en veux donc, que tu as « rappliqué » si vite ? Un autre, à ta place, l'aurait fait « chanter » quelques jours avant de le « servir ».

— Lui ? Vous ne le connaissez pas. S'il ne m'a pas « suriné » aujourd'hui, ce n'est pas l'envie qui lui en manquait, malgré ses poignées de main. Et si j'y retournais il ne me manquerait pas. D'ailleurs, il me « flaupait » là-bas comme plâtre. On ne sait pas de quoi il capable.

— C'est égal, ajouta sentencieusement Vidocq, ça te sera compté, quoique tu nous... mettes là dans un fameux pétrin. Fait ton rapport, pendant que je monte chez le patron.

XXXIV

Le préfet Anglès courut tout ému chez M. le duc de Blacas, puis chez M. Decazes alors ministre de la police, chez le général Dessoles, ministre de la guerre, chez le président du Conseil, M. le duc de Richelieu, — partout. Et partout, on ferma d'abord les yeux à l'évidence. Et puis, quel scandale ! Bien que les journaux, aussi rares qu'exigus de format, et soumis de plus à la censure préalable, n'offrissent pas le même danger qu'aujourd'hui, tout Paris allait être instruit de l'aventure ; le comte et la comtesse de Sainte-Hélène avaient tant d'amis ! Cependant, l'autorité tint bon.

Mandé, le lendemain matin, par le général Despinois avec qui il avait dîné la veille et chez qui il jouait pendant cette soirée où le ministère s'effarait à son nom, Coignard, faute de temps ou de présence d'esprit, ne répondit que par d'insuffisantes explications aux interrogatoires bienveillants de ses chefs hiérarchiques. On lui accorda, sur sa demande, quelques jours, pendant lesquels, gardé à vue, il devait réunir les éléments de sa justification, et au bout desquels ne voyant rien venir, l'administration l'envoya, sous mandat de dépôt, à la Conciergerie. Mais tel était le prestige qu'il conservait encore qu'on le traita avec toute sorte d'égards et que, le troisième jour qui suivit son écrou, conduit chez lui pour assister à une perquisition, il put entrer dans une alcôve et s'enfuir par un escalier dérobé.

Pendant dix mois, se livrant à de nouveaux vols, changeant de noms, de déguisements et de domiciles, il dépista la police, d'autant plus ardente à sa recherche qu'on l'accusait de céder à de hautes influences intéressées à ce qu'on ne le trouvât pas. Son frère Alexandre, arrêté en flagrant délit de vol, le 29 avril 1818, refusa, même au prix de la liberté, de révéler quoi que ce fût sur celui qu'il avouait connaître, en tant que Pontis, mais qui n'était nullement un Coignard. On fut plus heureux avec Laurence Laurent, concubine d'Alexandre, arrêtée dans les mêmes circonstances que lui, et qui dénonça à Vidocq la retraite où le comte et la comtesse de Sainte-Hélène se cachaient sous le nom de M. et Mme Carrette. C'était un bouge de ce quartier Saint-Maur où les agents ne se risquaient qu'armés jusqu'aux dents, et où, dans la nuit du 21 au 22 mai 1818, après une lutte qui faillit coûter la vie à Vidocq et à un de ses hommes, grièvement blessé, Pierre Coignard et Rosa Marcen furent arrêtés avec deux de leurs associés, le limonadier Lexcellent et le bijoutier Carrette au nom de qui était loué le logement de la rue Folie-Méricourt.

Toute la bande à laquelle l'on adjoignit, peu de jours après, deux derniers prévenus, se trouvait ainsi sous la main de la justice. Mais ici une difficulté énorme se présentait. Le principal accusé persistant à soutenir — et ses complices le soutenaient avec la même obstination — qu'il s'appelait Pontis de Sainte-Hélène, il fallait, avant de les mettre en jugement sur les divers chefs de vol et de faux qui leur incombaient, avant même de commencer l'instruction qui n'était pas encore ouverte, que cette instruction sur le fond eût une base sérieuse, laquelle base ne pouvait être que l'identité constatée de Coignard. Sans cela tout s'évanouissait, et l'on n'avait pas même la ressource pour le cas, d'ailleurs peu probable où l'instruction aboutirait à un non lieu et le jugement à un acquittement, de pouvoir réintégrer le forçat évadé au bagne de Toulon où Coignard, et non le comte Pontis de Sainte-Hélène, avait à solder un reliquat de compte de dix ans de travaux forcés redus par lui sur sa facture de 1801, et de cinq de double chaîne pour son évasion.

C'étaient donc deux procès d'assises au lieu d'un, et le premier devait être de beaucoup plus curieux ; car il s'agissait de voir cet audacieux et habile scélérat continuer devant la société détrompée le rôle inouï d'honneur, de considération et d'influence qu'il avait joué, revêtu d'une situation officielle élevée et entouré de l'estime publique, avec tant de succès et de persévérance.

XXXV

Il comparut donc seul, le 2 juillet, c'est-à-dire quarante jours après son arrestation, devant la Cour d'assises de la Seine, présidée par M. Cholet, aux fins de constatation d'état civil et de reconnaissance d'identité. Le siége du ministère public était occupé par M. l'avocat général Agier, qui fut plus tard un de nos meilleurs présidents au criminel et que les lecteurs du *Figaro* ont déjà vu figurer dans ces comptes rendus de procès célèbres. Le défenseur de l'accusé, désigné d'office par la Cour, était Mᵉ Dupin jeune (Philippe), le dernier des trois Dupin, qui débutait alors dans une carrière que la mort interrompit en pleine maturité d'une éloquence de premier ordre.

Coignard, après avoir déclaré qu'il resterait muet si M. le président l'interpellait sous ce nom qui n'était pas le sien, consentit à se laisser appeler : « Accusé », et maintint qu'il se nommait Pontis de Sainte-Hélène. On s'attendait à cette réponse, et il n'y eut qu'à introduire les témoins à charge, dont cinq, anciens forçats libérés, le reconnurent sans hésitation, Calmels en tête et plus affirmativement que les autres, puisqu'il avait été attaché deux ans à la même chaîne.

L'accusé ne fit que sourire. « Ces gens-là, dit-il, sont dupes d'une ressemblance fâcheuse. Je demande, avant l'audition des autres témoins, qui ne sont pas des galériens, j'aime à le croire, le renvoi à une autre audience pour me donner le temps de faire venir mes témoins à moi. »

La cause fut continuée au 10 du même mois, devant une affluence considérable. Les témoins cités à la requête de la défense furent :

Un vénérable ecclésiastique, l'abbé Lambinet, supérieur du séminaire de Soissons, qui crut se rappeler vaguement avoir vu, mais sans pouvoir préciser l'époque, l'accusé en Espagne ; un sieur Dreuil, garde-magasin à Malaga, qui déposa qu'en 1812, un de ses voisins, lui montrant l'accusé, lui dit : — « C'est le comte de Sainte-Hélène, avec qui j'ai servi en Amérique. »

Et enfin un négociant espagnol qui dit : — « J'ai connu le senor que voilà à Cadix, où il s'appelait le comte de Sainte-Hélène ; mais il me semble bien changé depuis. »

Quant aux témoins à charge, leurs dépositions furent accablantes de précision :

« Viguier (Paul-Emile), cultivateur à Langeais. — Connaît toute la famille de l'accusé. C'est lui qui a fait entrer Pierre Coignard dans les grenadiers du Directoire. Son père existe encore, et le témoin s'étonne de ne pas le voir à l'audience.

« Viguier (Elisabeth), femme du précédent.

— Je reconnais si bien Pierre que c'est lui qui a tenu, il y a vingt-deux ans, mon garçon sur les fonds de baptême.

« BOURGEOIS, surveillant aux Tuileries. — A servi avec l'accusé, en l'an VI ou VII, dans les grenadiers du Luxembourg.

« MÉTRAS (Angélique), sans profession. — Impliquée en 1801 dans le procès de Coignard, et condamnée avec lui pour vol. « C'est, dit-elle, un scélérat, qui a débauché ma fille, morte depuis dans la misère. Son nom seul me fait trembler. »

« DELAUNAY (Louise). — Victime de l'un des vols de 1801, se rappelle très-bien l'accusé. — « Oh ! oui, dit-elle sur interpellation, je le vois encore quand on l'a arrêté à notre porte, et qu'il a tiré des coups de pistolet. Je l'ai revu au tribunal, et ensuite au poteau, quand on l'a exposé et marqué. J'étais bien jeune alors, et je disais à mon père : — « Quel dommage qu'un si beau jeune homme soit un voleur. (On rit) ! »

« M. LE PRÉSIDENT. — Il résulte de l'examen fait sur le corps de l'accusé qu'il a des cicatrices à l'épaule, mais que rien n'y indique la marque infligée en vertu de la loi.

« VERSARO (Louis), garde à pied ordinaire du roi. — Était, en l'an VIII, brigadier de gendarmerie à Langeais, où il a connu toute la famille Coignard, et notamment l'accusé.

XXXVI

On entendit enfin le commissaire de police qui avait arrêté Coignard en 1801, et qui le reconnut. Le président ordonne ensuite d'introduire le dernier témoin (sensation), Alexandre Coignard, amené par les gendarmes. Les deux frères avaient d'abord l'air de ne se pas connaître. Puis, remarquant la vive émotion du plus jeune : — Voyons, dit M. le président, le reconnaissez-vous au moins pour Pontis ? Vous ne pouvez nier cela, puisque vous êtes impliqués dans les mêmes vols ? — Alexandre baisse la tête sans répondre, et la Cour n'insiste pas. Quant à Coignard, qui ne s'est pas troublé le moins du monde : — Ce malheureux, dit-il, avec lequel j'ai le regret de me voir confondre, a servi sous mes ordres en Espagne. Il m'est venu voir à Paris où je lui ai fait du bien. (Murmures.) Mais vous voyez vous-mêmes, messieurs, qu'il ne dit pas être mon frère. (Explosion d'indignation.)

Invité à donner quelques détails sur ses parents, son enfance, ses voyages, sa carrière militaire, son mariage, l'accusé s'embrouille complétement et finit par déclarer superbement « qu'il ne descendra plus à aucune explication. » Il se sentait perdu, mais voulait, jusqu'au bout, lutter pour la galerie.

L'organe du ministère public n'eut pas de peine à établir que les preuves les plus écrasantes contre l'accusé résultaient précisément de l'impossibilité où il se trouvait d'expliquer les circonstances les plus naturelles de sa vie et de sa famille. Rien de plus étrange que les contradictions de cet homme qui tantôt prétend appartenir aux Pontis du Poitou, tantôt aux Pontis d'Alsace, qui n'ont rien de commun entre eux. Les papiers qu'il produit ne sont tous que d'audacieuses falsifications. L'acte de naissance de Soissons, — et l'on sait qu'il a déclaré tour à tour être né à Châtillon et à Paris — a été surpris à la religion du notaire, au moyen de témoins qui n'étaient que des affidés. Les états de service, les blessures, les brevets de décorations sont en contradiction formelle avec les réponses mêmes qu'il a faites devant le juge instructeur, et qui ne sont encore que des impostures. Tout prouve donc qu'il n'a rien de commun avec les Pontis ou les Sainte-Hélène et qu'il n'est autre chose que l'ancien condamné Pierre Coignard.

Me Dupin jeune, qui n'eût pas plaidé, quelques années plus tard comme il le fit dans cette affaire, se laissa emporter, par son exubérance juvénile, à l'argumentation la plus incroyable. Quelques traits de cette défense montrent ce qu'était, même dans une bouche intelligente, la rhétorique judiciaire d'alors, empreinte encore, après les longs silences de l'Empire, de la phraséologie ampoulée du barreau de la Révolution :

« .... Concevez-vous, messieurs, qu'un échappé du bagne de Toulon se soit trouvé tout à coup apte à remplir les fonctions d'officier supérieur? La bravoure peut être innée, mais les connaissances militaires ne s'acquièrent que par l'expérience des travaux de Mars. Eh quoi ! quand le maréchal duc de Dalmatie, si expert en fait de valeur et de talent, attestait qu'il ne connaissait pas d'officier plus digne du grade de chef de bataillon, n'était-ce pas dire que M. de Pontis en réunissait toutes les qualités? N'est-ce pas attester qu'un usurpateur de noms aurait été trahi par son ignorance même?

« ..... D'ailleurs, les états de service qui lui ont été délivrés en Espagne portent la date et la désignation des blessures qu'il a reçues de 1804 à 1812 : cinq coups de sabre à la tête, un coup de baïonnette au bas-ventre, des hachures sur les pouces des deux mains, deux coups de feu aux jambes. Toutes ces cicatrices existent ; je les ai vues et si l'on prétend que Mme Marcen lui a donné les papiers du comte de Sainte-Hélène, il faudra donc dire qu'elle lui a livré aussi ses blessures. (Sourires.)

« M. LE PRÉSIDENT, *à demi-voix.* — Pardon, maître Dupin, mais les états de service étant argués de faux, on peut aussi bien dire que c'est l'accusé qui a mis ses propres blessures au compte de M. de Sainte-Hélène.

« Me DUPIN. — Soit, j'abandonne ce point de ma défense et je ne m'adresse plus qu'à la conscience de MM. les jurés. Et je leur dis : Prenez garde ! Oh ! oui, prenez-garde de confondre l'innocent avec le coupable. Rappelez-vous ces fastes judiciaires où sont consignées tant d'erreurs irréparables ! Je ne vous rappellerai ni le faux Démétrius, ni le faux Martin Guerre : je prendrai mon exemple dans des temps plus rapprochés du nôtre ; je veux parler de l'assassinat du courrier de Lyon et de l'infortuné Lesurques, qui mourut sur l'échafaud, victime d'une fatale ressemblance. (Rumeurs diverses). Dix-huit mois après, on reconnut l'erreur, on la déplora, mais il n'était plus temps ; le sang innocent avait coulé... Cependant, tous les témoins avaient reconnu Lesurques et c'étaient des gens irréprochables. Ici, les témoignages les plus affirmatifs sont ceux de cinq forçats, et si l'erreur vous faisait rencontrer Pierre Coignard dans Pontis de Sainte-Hélène, et qu'un jour cette erreur fût reconnue, vous n'auriez pas la consolation des juges de Lesurques qui, du moins, prononcèrent sur l'affirmation d'honnêtes gens... Je m'arrête, croyant en avoir assez dit pour que votre verdict affirme que l'état de citoyen ne dépend pas des impostures et des intrigues. »

Après une heure et demie de délibération,

Les habitants sauvages des forêts vierges.

le jury, conformément aux conclusions de M. l'avocat général, déclara l'identité constante, et la Cour ordonna par son arrêt, que la condamnation de l'an IX contre Pierre Coignard sortirait son plein et entier effet, mettant au surplus l'accusé à la disposition de M. le procureur général pour procéder à l'instruction des nouveaux crimes qui lui étaient imputés.

En entendant cet arrêt, Coignard s'écria : « Messieurs, Dieu vous demandera compte de ce jugement... j'en appelle. »

XXXVII

Mais la Cour de cassation rejeta son pourvoi et l'instruction du deuxième procès, le procès du fond continua sans désemparer pendant onze mois d'une investigation des plus minutieuses, par suite de laquelle, le 22 juin 1819, Coignard reparut pour la troisième fois devant la Cour d'assises, en compagnie de ses sept complices, savoir :

Rosa Mercédès MARCEN, se disant comtesse Pontis de Sainte-Hélène, sans profession, 28 ans, née à Madrid ;

Alexandre COIGNARD, cultivateur, 30 ans, né à Langeais ;

Laurence LAURENT, sans profession, 27 ans, née à Paris (concubine du précédent);

Joseph LEXCELLENT, limonadier à Paris;

SCOFFIER, ex-garde magasin, né à Turin ;

Etienne CARRETTE, fabricant de bijoux à Paris ;

Et Jean-Baptiste LENORMAND, portier à la grille de l'Orangerie de Versailles.

Pierre Coignard, tenant toujours pour non avenu l'arrêt statuant sur son identité, répondit avec assurance à la question préliminaire d'usage : « Je me nomme le colonel comte Pontis de Sainte-Hélène. » Il demanda, du reste, la remise de la cause à une autre session, prétextant qu'ayant passé dix mois au secret, il n'avait pu prendre connaissance de la procédure, et ajoutant que, si la remise lui était refusée, il ne répondrait pas.

Les débats où, bien que Coignard ne fit plus illusion à personne, le public privilégié se porta avec empressement, durèrent cinq jours et ne roulèrent guère, sans incidents caractéristiques, que sur des vols et des faux d'une vulgarité absolue. Les moyens de défense des accusés ne consistèrent de même qu'en dénégations. Pierre Coignard continua à jouer son rôle de colonel et de comte, que la cour et le jury finirent par ne plus prendre au sérieux. Rosa Marcen prétendit avoir toujours ignoré les mauvaises actions de Coignard, qui se cachait d'elle et qu'elle a toujours pris pour ce qu'il disait être. Alexandre Coignard qu'on avait arrêté en flagrant délit de vol, la nuit, en train de forcer la caisse du banquier Montjoyeux, répondit au président qui lui faisait observer qu'on aurait pu le tuer sur place : — « Il eût été glorieux, monsieur le président, pour un voleur, de mourir sur un coffre-fort. »

Les témoins, au nombre de près de cent, ne firent que d'insignifiantes dépositions. L'intendant militaire Prévost racontant comment Coignard s'y était pris pour lui faire croire qu'il était le cousin de sa femme, née de Pontis, ajouta qu'il lui avait présenté Rosa Marcen non-seulement comme sa femme légitime, mais comme la fille du « vice-roi de Malaga ». Coignard fit observer qu'il serait bon d'entendre Mme Prévost et affecta une vive douleur quand on lui répondit que cette dame était morte.

M. l'avocat-général Hamelin, très-énergique contre les deux frères Coignard et Rosa Marcen, s'en remit à la sagesse du jury sur tous les autres chefs d'accusation.

Mes Millot pour Pierre Coignard, Lamy, Dupin jeune, Pinet, Rigal, Guillemin et Marie plaidèrent avec la même modération.

Le 27 juin, les jurés répondirent aux nombreuses questions qui leur avaient été soumises, par un verdict qui acquittait Rosa Marcen, la fille Laurent, Carrette, Lenormand et Scoffier, et déclarait (on sait que le régime des circonstances atténuantes n'existait pas alors), Lexcellent coupable de vol simple et les deux Coignard coupables de tous les crimes à eux imputés. La Cour condamna, en conséquence :

Lexcellent, à cinq années d'emprisonnement ;

Pierre et Alexandre Coignard aux travaux forcés à perpétuité, à l'exposition et à la flétrissure des lettres T. P.;

Alexandre se livra au plus violent désespoir. Pierre, au contraire, s'écria : — Vous ne parviendrez pas à flétrir, même par la main du bourreau, tant de blessures reçues pour ma patrie.

Dirigés, après le rejet de leur pourvoi, sur le bagne de Brest, les deux frères y eurent des fortunes diverses. Pierre, refusant de travailler, écrasant de son orgueil ses compagnons d'abjection et de misère, qui ne l'appelaient que M. le comte, tenta plusieurs fois de s'évader, ce qui lui valut un redoublement de sévérités, et, après des années de double chaîne, mourut à l'hôpital sans avoir jamais reçu de nouvelles de Rosa Marcen. Quant à Alexandre, après quarante ans de séjour au bagne, il fut transféré dans la maison centrale de Melun où il mourut la veille même du jour où sa grâce était signée.

Telle fut la fin du légendaire comte de Sainte-Hélène, objet encore aujourd'hui, — ainsi que celui de ses pareils, plus étonnant encore comme audace, dont le procès fera l'objet de notre prochaine étude, — de l'admiration et des commentaires du monde des malfaiteurs.

XXXVIII

Et s'il avait rappelé la légende de Collet, Raymond n'aurait-il pas eu un vaste champ de réminiscences criminelles à placer sous les yeux de son public?

Collet fut tour à tour capucin, capitaine, évêque, général, capitaliste...

Cette série m'indique que les principaux rôles joués par le malfaiteur légendaire qui s'appela tour à tour le frère Anthelme, le baron de Tholozan, le marquis d'Adda, le comte Borromeo, Mgr. Pasqualini, le vicomte de Goland, et dont le vrai nom, de beaucoup plus illustre dans les fastes du bagne que celui de Coignard, était Collet (Anthelme-Dominique). Né en 1785 à Belley (Ain), mort à Rochefort en 1840, quelques jours seulement avant sa libération d'une condamnation à vingt ans, — il en avait déjà subi une première de cinq ans à Toulon, soit, dans une existence de cinquante-cinq ans, défalcation faite de sa jeunesse qui fut, sinon honorable au moins ignorée, vingt-cinq années de travaux forcés et dix à peu près de liberté, c'est-à-dire de méfaits.

— Collet, on le voit, eut une carrière plus longue que Coignard, dont le rôle criminel ne dura guère plus de trois ans.

A qui ce modèle, impossible aujourd'hui et bien plus extraordinaire que Coignard son contemporain, de l'aplomb dans la fraude, de la persévérance dans la réussite, de la variété dans la transformation, Tartuffe sans haine comme l'autre est un Karl Moor sans cœur, dut-il, une fois pendant huit ans, une autre pendant deux ans, la facilité, la liberté, l'encouragement en quelque sorte dont il lui fut donné de jouir? Uniquement, et comme Coignard, aux circonstances.

De 1805, date de ses débuts, à 1813, date de sa première condamnation, la police, presque exclusivement vouée à la politique, n'existait, pour les voleurs, comme pour les honnêtes gens, que de nom. De 1818, année où il sort du bagne, jusqu'en 1820 où il y rentre pour n'en plus sortir, l'action répressive commence à se faire sentir, — mais à Paris seulement, et Collet ne travaille qu'en province. De plus la publicité, cette sauvegarde, de jour en jour plus efficace, des sociétés civilisées, est encore plus problématique que la police, et surtout ce qui explique en même temps l'impunité acquise aux malfaiteurs et l'absence de comptes rendus et de documents relatifs à leurs procès. Aux deux époques dont nous parlons, aucun d'un des nombreux départements compris dans les ressorts de la Cour impériale de Grenoble (assises de 1814, siégeant au chef-lieu) et de la Cour royale d'Angers (assises de 1820, siégeant au Mans), qui jugèrent Collet, ne possédait un seul journal. Les notes succinctes des greffiers, seules pièces à consulter, laissent entrevoir, d'ailleurs, qu'un compte rendu des audiences n'eût guère été moins sec ou moins concis, puisque, l'accusé avouant tout, les organes du ministère public et ceux de la défense n'eurent à demander, les premiers que l'application de la loi, les seconds que l'indulgence, non du jury qui ne répondait alors que par oui ou par non, sans circonstances atténuantes, mais de la Cour qui, dans la limite de la loi, pouvait ne pas appliquer le maximum de la peine, ce qui eut lieu à Grenoble, mais ce qui ne put avoir lieu au Mans, vu l'état de récidive du coupable.

L'intérêt résulta des aveux mêmes — je parle seulement de ceux que put contrôler la justice — de Collet et des dépositions de plusieurs témoins, que le procureur du roi du Mans, M. Gérard, ne craignit pas de comparer à certaines pages du *Roman comique*, de *Lazarille de Tormes* et de *Gusman d'Alfarache*, pâles, ajoutait-il, à côté des aventures et des audaces de cet acteur consommé qui a pu, dans les mêmes localités et à quelques mois seulement de distance, tromper, sous un déguisement ecclésiastique, ceux qu'il avait dupés sous un uniforme militaire ou sous un simple habit bourgeois, *et vice versa*. C'est de ce réquisitoire et des souvenirs personnels de l'honorable magistrat (devenu plus tard premier président) qui le prononça en 1818; que fut extraite par Rousseau et Raisson la plus sérieuse et la plus vraisemblable partie des *Mémoires* de Collet, lequel, trois ou quatre ans avant sa mort, intenta, du bagne de Rochefort, une action contre les auteurs et l'éditeur à qui il reprochait d'avoir interpolé son manuscrit et dénaturé ses intentions.

Il avait, d'ailleurs, vendu ce même manuscrit à un autre éditeur qui fit un procès en contrefaçon à son confrère, à qui il réclamait des dommages-intérêts, comme collaborateur et rédacteur de la partie « morale » du travail primitif fourni par le forçat autobiographe. On ne sait pas ce que fût devenue l'affaire, si la Cour de Paris, par un arrêt de 1837, n'eût débouté Collet comme n'ayant pu, à raison de la peine qui le frappait de mort civile, contracter avec les parties.

Ce qu'on va lire est donc plutôt un récit que la relation de deux débats judiciaires qui n'ont laissé aucun élément de compte rendu.

XXXIX

Les prétendus tours de jeunesse dont il se vante, et que les historiens ont accueillis avec une naïveté de chercheurs de copie, ne représentent que de vulgaires polissonneries de petite ville, qui ne feraient rire personne aujourd'hui. Le réquisitoire de Grenoble, continué par celui du Mans, le prend en Italie où, par suite de la mort de son père, tué à l'armée du Rhin, comme volontaire du bataillon de l'Ain, il avait été conduit par son oncle maternel, un brave curé de Bourgogne, qui avait préféré l'expatriation au serment constitutionnel, et qui s'était chargé d'élever l'enfant de sa sœur, restée à Belley, où elle vivait de son travail. L'oncle, successivement chanoine à Milan, puis à Florence où il cumulait, avec son canonicat, la charge d'aumônier de Mgr d'Albi (François de Bernis), exilé comme lui, demeura tantôt en Toscane, tantôt à Rome, emmenant avec lui et élevant, ou plutôt gâtant son neveu qu'il idolâtrait et qui n'apprenait pas grand'chose, jusqu'au moment où le premier consul rétablit le culte en France et y rappela les émigrés du clergé avec ceux de la noblesse.

Oncle et neveu revinrent donc au pays, où un deuxième oncle, militaire celui-là et retour d'Egypte avec le grade de chef de bataillon, proposa au chanoine, fort embarrassé d'un gros garçon qui scandalisait tout le monde, de faire embrasser à Anthelme la carrière des armes, la seule où il eût chance de devenir bon à quelque chose.

Voilà donc Collet au Prytanée, dirigé alors par M. le comte de Saint-Germain, et où, en dix mois, — on avançait vite alors et l'éducation n'était pas absolument exigée, — il passe successivement caporal, sergent et sous-lieutenant, à la suite d'un examen qui ne présageait certainement pas plus les programmes actuels de Saint-Cyr, qu'il ne promettait un bon officier au 101e de ligne, que l'élève du chanoine allait rejoindre à Brescia, muni d'excellentes recommandations pour les bons pères capucins dont le couvent est un des plus beaux monuments de cette ville, toute pleine encore des souvenirs de Bayard et de Gaston de Foix, et qui fut, jusqu'en 1815, le chef-lieu du département de la Mella.

Aussi mauvais soldat que possible, et ne rêvant qu'au bien-être de ses premières années en Italie, Collet se fit bien venir des Pères en consacrant aux devoirs religieux tout le temps que lui laissait le service, ce qui lui valut de ses camarades le surnom — prophétique — de « lieutenant-capucin ». Mais ces douceurs durèrent six mois à peine, au bout desquels, envoyé avec son régiment au siége de Gaëte, une blessure au côté, dont il eut soin d'exagérer la gravité, le fit évacuer sur l'hôpital San-Giacomo de l'heureuse ville de Naples, où le roi Joseph Bonaparte venait de prendre possession de son trône, éphémère comme celui d'Espagne, que le lecteur a vu, dans l'étude sur Coignard, embelli par la présence du comte de Sainte-Hélène.

Dans cet hôpital San-Giacomo, lit à lit avec Collet, se mourait un lieutenant-colonel, blessé comme lui devant Gaëte. Jeune encore, sentant sa fin prochaine, consolé par les soins et la présence de cet officier de vingt ans, frais, doux, imberbe, qui lui rappelait la patrie,

M. Tardiveau le prit pour exécuteur de ses volontés dernières et lui remit, en expirant, son portefeuille, ses papiers, sa croix, sa montre, une bourse contenant deux cents louis, un portrait de femme et des bijoux de famille. Collet devait, dès son retour en France, rapporter le tout à une adresse indiquée par le pauvre lieutenant-colonel, à qui cette promesse fit une mort souriante. Quant au mandataire, parfaitement décidé, on le devine, à ne pas s'acquitter de la commission, il n'attendait que cette aubaine pour réaliser un projet de désertion à l'accomplissement duquel devait l'aider l'aumônier de l'hôpital, qu'il avait convaincu de l'irrésistible vocation qui le poussait à quitter le métier damnable de soldat pour reprendre la carrière sacerdotale.

Le viatique seul lui avait manqué pour se mettre en route, et le hasard venait de le lui offrir, plus abondant qu'il ne l'eût espéré. Aussi n'hésite-t-il pas, et le premier vol de cet oiseau de proie, si bien servi par le hasard, devient le prélude et le symbole de la destinée qu'il se prépare. Nanti, déguisé, méconnaissable, il jette l'uniforme aux orties, comme il y jettera plus tard le froc qu'il va reprendre et qu'il quittera de nouveau pour l'uniforme. Et trois jours après la mort du colonel Tardiveau, une ravissante et plantureuse villa des environs de Caserte dont le propriétaire est le frère même de l'aumônier de San-Giacomo, ennemi juré des Français, abrite le déserteur peu regrettable et bien vite oublié de ceux qu'il oublie plus vite encore au milieu des sensualités qu'on lui prodigue.

XI.

Il y reste six mois, poursuivant son éducation liturgique et vivant comme coq en pâte, au bout desquels il entre comme novice au couvent des Pères de la Mission, à Naples. On lui a reconnu des dispositions pour la prédication, — il en avait pour bien d'autres professions encore, — et on le dresse en conséquence. Tonsuré, minoré, on l'adjoint comme clerc à ceux des frères quêteurs chargés de parcourir la Pouille et la Calabre. Chargé des fonds, il trouve moyen d'en détacher une somme assez ronde qui va rejoindre l'héritage du lieutenant-colonel et grossir le pécule qu'il met en réserve pour l'avenir; car déjà la vie du couvent lui pèse. On a dit qu'il avait reçu le sous-diaconat; c'est une erreur. Le temps lui manqua pour obtenir, comme ancien militaire, une dispense du Saint-Siége, et faire venir l'*exeat* de son évêque diocésain, celui de Belley, dont le siége venait d'être réuni à celui de Lyon.

En attendant, il élève les enfants de quelques bonnes familles de Naples, parmi lesquelles il fait d'utiles connaissances, celles entre autres du banquier Torlonia et du syndic de la ville, à qui son intimité lui permet de soustraire une certaine quantité de passe-ports en blanc. Quant au banquier, dont il a capté les bonnes grâces, il lui soutire, sur la caution des révérends Pères, dont M. Torlonia administre les fonds, trente mille francs à valoir sur un titre de rente qu'il a trouvé dans le portefeuille de M. Tardiveau. C'est le moment de partir. Chargé d'une mission pour Caserte, il monte en voiturin aux yeux de toute la communauté, dont il emporte les bénédictions et les bijoux, et, à peine hors de Naples, change de route et d'habits, et se fait conduire à Aversa, où il se fabrique des papiers sous le nom de marquis d'Adda, puis à Capoue.

Arrêté aux portes de la ville, il étourdit, endoctrine et grise le commissaire de police, qui demande humblement pardon à Son Excellence de l'erreur de ses agents, et qui le reconduit, le chapeau à la main, jusqu'à la voiture qu'il l'a aidé à acheter et qui l'emporte avec ses laquais vers Gaëte.

Chemin faisant, il rencontre un officier français, le baron Alexandre de Tholozan, chevalier de la Légion d'honneur, qui retourne à Lyon en congé de convalescence. Il lui escamote ses papiers, le quitte à Terracine, tout pénétré de son bon accueil, manipule, avec son talent consommé de calligraphe, le brevet et la commission de capitaine, passe un ruban rouge à sa boutonnière, et fait son entrée dans la capitale du monde chrétien.

Ce nom de Tholozan, sur la liste des étrangers de distinction arrivés dans la Ville Éternelle, fait accourir, à l'hôtel où Collet s'est somptueusement installé, un prêtre de beaucoup d'entregent et de candeur, le savant abbé Fau, protonotaire apostolique et secrétaire intime de l'un des membres les plus influents du Sacré-Collége, le cardinal Fesch, archevêque de Lyon et oncle maternel de l'empereur. L'abbé sauta au cou du baron de Tholozan, beau-frère de son meilleur ami, M. de Courtin. Collet, qui a étudié le portefeuille, justifie de la parenté, et voilà, en moins de temps qu'il n'en faut pour lire dans ses *Mémoires* la description de ses nombreux succès à Rome, notre escroc logé au palais archiépiscopal, honoré des faveurs de Son Éminence, présenté à toute la haute société romaine comme un jeune gentilhomme millionnaire, en convalescence de blessures glorieuses et réservé au plus brillant avenir.

Mais trop fin pour se laisser aveugler par la fortune, Collet a compris qu'il faut se dépêcher de tirer parti de celle-là, trop magnifique pour durer, et il bat monnaie, avec un entrain de circonstance, sur toutes les dupes qui se présentent. C'est d'abord le banquier du cardinal qui avance dix mille scudi, puis le drapier, le confiseur et deux camériers du Saint-Père, qui escomptent à eux quatre jusqu'à 100,000 francs de traites tirées sur les premières maisons commerciales, puis le joaillier de Sa Sainteté qui livre pour 80,000 francs de pierreries et de bijoux, puis le jardinier du Vatican qui confie toutes ses économies à M. de Tholozan pour en opérer un placement avantageux, etc., etc. Moins de trois semaines ont suffi à cette razzia, et quand, à bout de victoires, Collet prétexte un voyage à Turin et part, mis en chaise de poste par le cardinal lui-même, pour cette fausse destination, — il n'est que temps pour lui d'aller mettre en lieu sûr les centaines de mille francs de valeurs qu'il emporte.

XLI

Il aurait, prétendent ses historiographes, poussé l'audace jusqu'à se rendre en effet dans la capitale du Piémont, alors chef-lieu fran-

Paris. — Typ. Tolmer et Isidor Joseph, rue du Four-Saint-Germain, 43

Résultat du désordre à Pa

çais, et l'adresse jusqu'à subtiliser à la poste, avant leur ouverture, les dépêches, arrivées un peu après lui, qui signalaient à l'autorité non-seulement les nombreux vols commis à Rome par le capitaine baron de Tholozan, mais encore les griefs des RR. PP. de la Mission de Naples, de M. Torlonia, du commissaire de Capoue et autres, contre le frère Anthelme et le marquis d'Adda. La vérité, constatée par l'information judiciaire, c'est qu'il franchit la frontière et se cacha quelque temps à Lugano chez un imprimeur, se faisant passer pour un riche original curieux d'apprendre la typographie, se rendant populaire par quelques largesses et combinant de nouveaux tours.

De Suisse, il rentre facilement en France, par son propre département natal, où il reste juste le temps de mettre en sûreté chez sa famille, précaution qu'il observa toute sa vie, le fruit de ses rapines; revient à Lugano, où il achève de se faire confectionner les divers costumes qui ne le quitteront jamais dans ses voyages, et d'où il file en poste, un beau matin, annonçant à ses amis qu'il va chercher en France des acteurs pour le théâtre qu'il leur a proposé de monter à ses frais. La chaise qui, ventre à terre, l'a amené à Briançon, ne contient plus, à l'arrivée, qu'un jeune prêtre à la mine recueillie et éprouvée, l'abbé Antelmo, du diocèse de Naples, exilé pour motifs politiques.

Après un séjour de vingt-quatre heures, pendant lesquelles il a exhibé des lettres de prêtrise parfaitement en règle, dîné chez le curé et dit la messe, il se dirige sur Gap où, pressentant — car il connaît son clergé de France sur le bout du doigt — que sa double qualité de réfugié politique et de Napolitain lui fera rencontrer grise mine à l'évêché où l'on professe un culte ardent pour le régime impérial, il se pose en bonhomme n'aspirant qu'à vivre en paix sous ce beau ciel des Alpes françaises qui lui rappelle sa patrie et à y dépenser en bonnes œuvres les douze ou quinze mille livres de rente dont l'a gratifié la providence. Que cette cause ou une autre expliquent les sympathies qui l'accueillirent; qu'il ait été ou non créé chanoine de la cathédrale de Gap; qu'il ait obtenu, comme prédicateur, les triomphes que la chronique criminelle lui attribue; toujours est-il, ceci est malheureusement hors de doute, qu'il obtint sur sa demande la cure de Monestier. Là, adoré de ses ouailles, — je crois bien, dit-il lui-même, un curé plus riche que son évêque! — buvant du meilleur dans le plus confortable des presbytères, prêchant, baptisant, confessant, mariant et enterrant, on ne sait jusqu'où se fût prolongée cette comédie sacrilégement impunie, si, avec sa passion de transformations nouvelles, ou sous la suggestion de sa prudence, il n'eût pris le parti, après avoir soutiré à ses paroissiens l'argent nécessaire à la reconstruction de leur église, de leur fausser compagnie, sous prétexte d'aller à la recherche d'un architecte.

Ici, on le perd de vue encore une fois. L'instruction parle bien d'un faux général de brigade qui, passant à Turin, avait escroqué dix mille francs à un banquier, lequel, détrompé, avait mis la gendarmerie en campagne. Mais les coquins se donnaient tous carrière alors, et la Haute-Italie était interdite à l'auteur des prouesses précédemment racontées.

Quoi qu'il en soit, pendant que les gendarmes galopaient sur la route de Gênes que le « général » avait prise, un évêque du plus grand air, monsignor Pasqualini, descendait à l'hôtel de la Truite, à Nice, et recevait, conformément à l'étiquette et en leur donnant sa bénédiction et sa main à baiser, les deux vicaires généraux de l'évêché que Monseigneur, averti à la hâte, envoyait au-devant de son collègue. — Tout cela aujourd'hui paraît impossible, invraisemblable, fou, et ce qui va suivre semble plus extraordinaire encore. C'est de l'histoire pourtant, de l'histoire, il est vrai, de 1810 et de 1811, c'est-à-dire de l'époque où une société tombée des orgies de la Révolution dans la centralisation effrénée du despotisme, acceptait, avec autant de naïveté que d'obéissance, et de silence que de respect, tout ce qui, même faussement revêtu, représentait la forme d'une autorité, l'insigne d'un grade, le costume d'une délégation. Il ne s'agissait que de le bien porter, et le talent de ce néfaste histrion de vingt-six ans avait atteint sur ce point un degré de perfection tel que, même quand il n'entrevoyait, comme à Nice, aucun profit matériel à recueillir, il jouait encore — amour de l'art et de la difficulté vaincue — les travestis ecclésiastiques et militaires.

XLII

Arrivé à Nice pendant les Quatre-Temps et invité par l'évêque, qui lui avait fait inspecter le séminaire, à assister aux cérémonies de l'ordination, Collet s'est vanté d'avoir conféré les divers ordres de prêtrise à une cinquantaine de jeunes gens « que j'émerveillai », ajoute-t-il, avec un sermon découpé dans les œuvres de Massillon et de Bourdaloue qui ne me quittaient pas. Passe pour le sermon, — mais l'ordination est une imposture. L'évêque de Nice n'était pas, d'ailleurs, sans quelque défiance, et il le prouva en donnant, à Mgr Pasqualini, pressé peut-être par la certitude de cette défiance, de quitter la ville, un aumônier de son choix pour remplacer celui qu'il racontait avoir perdu à Milan, et pour l'accompagner à Cannes et à Grasse. Ici se place un épisode du plus haut comique (constaté judiciairement) qui montre qu'à sa supériorité, comme grime, Collet joignait une réelle habileté d'arrangeur dramatique.

Il organise à Cannes, avec un individu dont il a fait la connaissance en changeant de chevaux à la poste, un simulacre d'arrestation à main armée sur sa propre voiture. Il veut, dit-il à l'homme, savoir à quoi s'en tenir sur le courage de son aumônier, qui ne cesse de parler de ses campagnes à l'armée. — « Tu nous demanderas la bourse ou la vie, avec quelques gaillards qui tireront, s'il le faut, sur les voyageurs, mais sans blesser personne; joue bien ton rôle ; il y a vingt-cinq louis à gagner, et surtout pas de violences. » L'homme, — quelque chenapan italien, — soupçonnant probablement à quelle espèce de prélat il a affaire, s'acquitte à merveille de son rôle. Coups de fusil au milieu d'un bois, cris furieux, effarement de Monseigneur, pillage pour rire, évanouissement de l'aumônier, qui tombe malade en arrivant à Grasse et prend le lit, pendant que Collet conte aux autorités de l'endroit qu'on lui a volé pour cinquante mille francs d'espèces et de bijoux.

On ouvre une quête qui rapporte près de 8,000 francs, et l'un des plus gros fabricants de parfumerie de Grasse vient supplier Monseigneur de vouloir bien lui permettre de mettre sa caisse à sa disposition. Conclusion : 30,000 francs acceptés par Sa Grandeur contre un reçu signé : « Domenico Pasqualini, vescovo di San-Giminiano ». Le fait auquel, malgré le réquisitoire de M. Gérard, je n'aurais jamais voulu croire, m'a été, en septembre 1874 et à Grasse même où j'étais venu de Nice suivre en curieux les débats relatifs à l'évasion de Bazaine, confirmé par le propre petit-fils de la victime, continuateur de la grande maison de son grand-père et l'un des industriels les plus considérables des Alpes-Maritimes.

Mais sur ce coup-là, renoncement absolu à la soutane violette, que Collet porte trois jours encore, trois jours de résidence au château que le général comte de L... possède près d'Antibes, et où il est magnifiquement reçu et hébergé par la comtesse, à qui il s'est présenté comme ami du général et ancien aumônier de l'armée d'Italie.

Au bout de ces trois jours, il roule vers Paris qu'il n'a jamais vu, mais où il comprend qu'il sera mieux caché que partout ailleurs. Cette nécessité seule, indispensable après tant de méfaits, l'y attire. Paris n'est pas le théâtre qu'il lui faut; si mal outillée qu'y soit la police, il y a là encore trop d'yeux clairvoyants, de curiosités indiscrètes, de contrôles officieux, de jalousies soupçonneuses pour un homme qui a besoin de crédulité et de silence, auxiliaires précieux qu'on ne rencontre que dans la province et à l'étranger. En outre, il rêve de faire peau neuve et de s'effacer sous une tenue modeste, en attendant le grand coup qu'il prépare, son Austerlitz, comme il l'appelle, son Waterloo, comme il l'appela quelques années plus tard. — Tout néanmoins lui réussissant à souhait, l'ordinaire comme l'étonnant, nous le trouvons, dans les derniers mois de 1811, en possession de cet effacement auquel il aspire et qui vient de lui réaliser une commission de lieutenant au 47e de ligne, en garnison à Brest. Lui, le déserteur et le poltron de 1806, réincorporé dans l'armée? Comment cela, va-t-on dire? Mon Dieu! de la façon en ce temps-là la plus explicable du monde, et grâce à celui-là même qui l'initia le premier au noble métier des armes, M. de Saint-Germain, l'ancien directeur du Prytanée et l'ami de feu son oncle le grognard d'Egypte, qu'il a rencontré à Paris, vieux, vivant d'une maigre retraite, mais ayant conservé de belles relations au ministère de la guerre. Collet, dont il avait ignoré la désertion, lui fait avaler les plus ingénieux contes, le bourre de douceurs et de bien-être, s'introduit dans les bureaux, y gagne les bonnes grâces d'employés supérieurs ignorants et gourmands qu'il éblouit par d'admirables états de service et qui, finalement, procurent à ce fils de famille imbu de la vocation militaire, ce qui les rend encore moins scrupuleux, la lieutenance à laquelle il est reconnu avoir droit.

Même chance le suit à Brest et au dépôt de Lorient. Ses camarades qu'il régale et dont il paye les dettes, ne jurent, le capitaine compris, que par lui. — Mais les instincts de l'escroc se réveillent et la soif de l'or avec eux. S'il a renoncé à la soutane, il se souvient de la robe de moine qu'une nouvelle arrivée de Rome lui donne envie de reprendre une dernière fois et comme pour se faire la main.

L'occasion est unique. Le Saint-Siége expédie par toute la chrétienté des moines de Saint-Augustin chargés de quêter pour la fondation et la reconstitution d'établissements d'éducation religieuse. Après avoir fabriqué une bulle de supérieur de cet ordre avec autorisation de quêter, et s'être muni d'un congé de deux mois pour affaire de famille, il commence une tournée féconde en expédients, dans la Normandie, la Bretagne, la Vendée, l'Artois et la Flandre, toujours respectueusement accueilli par les autorités, toujours en règle, une seule fois soupçonné à Boulogne par le sous-préfet qui lance la gendarmerie sur sa piste. Mais, toujours heureux, il s'échappe encore cette fois sous l'uniforme de commissaire ordonnateur, au nez des gendarmes ébahis et confus qui lui rendent les honneurs militaires. A l'expiration de son congé, il rentre à Lorient, riche de soixante nouveaux mille francs, annonçant son futur et opulent mariage, et sans que personne soupçonne en lui le faux augustin dont les aventures ont fait déjà force bruit en Bretagne.

XLIII

L'heure du dénoûment approche cependant, et cette prodigieuse comédie à tiroirs, pour laquelle il rêve un dernier coup de maître, va se clore, comme toutes les féeries, par une apothéose — ou un embrasement. Le moment qu'il a choisi est favorable. L'empereur est en Russie où toute son immense autocratie semble s'être envolée avec lui. Les revers se sont déjà accumulés comme les fautes, au Nord, au Midi, partout; la crainte est universelle, comme la désorganisation et le manque de foi, et Mallet, dont la réussite n'a tenu qu'à un fil, a montré à tous ce qu'il y avait de précaire dans cette inféodation d'une grande nation à un seul homme, fût-il Napoléon..... C'est à ce moment que Collet accomplit sa suprême incarnation et montre, lui aussi, ce que les crises sociales donnent d'audace aux aventuriers, de découragement aux honnêtes gens et de maladresse aux dépositaires de l'autorité.

Tout le monde a perdu la tête autour de lui; raison de plus pour qu'il la relève. Justement, son colonel vient de mourir, après lui avoir donné une permission de se rendre à Paris, où il ne fait qu'un court séjour, et d'où il part avec une commission d'inspecteur général aux revues (intendant général), chargé d'organiser l'armée de Catalogne avec droit de réquisition sur toutes les caisses de l'État. C'est sous ce titre que le général comte Charles de Borromeo, grand-officier de la Légion d'honneur, arrive d'abord à Valence, où sa commission, ses décorations, sa tenue et son langage lèvent les doutes du commandant de place, un peu surpris d'abord de n'avoir pas été informé préalablement de l'arrivée de M. l'inspecteur général. Mais tout se fait si irrégulièrement maintenant, et les ordres ont été donnés si à l'improviste que le général de Borromeo n'a pas même eu le temps de se composer un état-major, etc.

Bref, toutes les difficultés sont levées, et de Valence, où il prélève vingt mille francs, se choisit des aides de camp et officiers d'ordonnance, décore et donne des grades, sa prochaine inspection est officiellement annoncée à Avignon, où il se fait donner cent vingt mille francs par le receveur général. A Marseille, il en touche deux cent mille. A Nîmes, trente mille seulement. On croit rêver à suivre cette énumération sommaire d'où j'écarte — car à la longue cela fatigue — une foule de détails caractéristiques sur les honneurs qui lui sont rendus et l'imbécillité des fonctionnaires dont il se joue. Tant de succès le grisent, l'endorment, le perdent. Au lieu de s'arrêter et de prévoir, comme il avait eu la sagesse de le faire en d'autres circonstances, qu'un éclat allait se produire, — il prend son rôle au sérieux, s'oublie à son tour et ne se dit pas que piller les caisses publiques, bafouer l'administration, s'attaquer à l'armée, usurper les plus hauts emplois, ne sont crimes impunis qu'à la condition de ne pas se répéter. Enivré de ses tours de force, l'acteur devient saltimbanque, et c'est à Montpellier qu'il se casse les reins.

L'histoire en est connue, et je m'étonne que ce chapitre picaresque, tant de fois raconté, n'ait pas été mis au théâtre, où il obtiendrait un succès hors ligne. Ce préfet de l'Hérault, à qui un bandit déguisé en inspecteur général a promis la croix de commandeur; qui, à la suite d'une brillante revue, donne un grand dîner officiel où l'inspecteur rayonne et émerveille les convives ; — puis, au plus beau moment du festin, ce commandant de gendarmerie, arrivé à l'instant même de Paris, entrant tout poudreux à la tête de quelques soldats non moins stupéfaits que les invités, marchant droit au général, l'empoignant (on fit ce mauvais jeu de mots) au collet et le faisant conduire en prison sans donner au préfet à demi suffoqué de honte et de terreur d'autre explication que cette formule redoutable : « Ordre personnel de l'empereur » ; enfin, ces pauvres officiers arrêtés comme complices jusqu'à ce qu'ils aient pu prouver la bonne foi de leur enrôlement dans un état-major de contrebande.

Et cette autre scène, plus drôlatique encore, où le même préfet, recevant des dames à sa table et leur ayant offert l'exhibition de l'escroc désormais historique dont tout le département s'entretient depuis quelques jours, — on juge si la proposition fut applaudie, — fait extraire de la prison de ville et conduire à la préfecture Collet qu'on enferme jusqu'au dessert et qui se prête complaisamment à la fantaisie préfectorale. Mais dans l'office où on lui a passé, pour qu'il la revête, car c'est là le côté piquant de la représentation, sa défroque de général, — il y a deux portes, celle que gardent les gendarmes et une autre conduisant, par un escalier de service, à la cour des cuisines. Il y a aussi des tabliers, des vestes et des bonnets blancs de marmitons, si bien que le prisonnier, déjà rasé depuis sa captivité, gros, gras, béat, tout le physique voulu, s'affuble non en général, mais en gâte-sauce, s'arme d'un plat quelconque orné de son couvercle et sort par les derrières de l'hôtel, avec autant de naturel que de tranquillité. On ne le retrouva pas.

La chronique ajoute que, caché précisément chez un maçon, en face de la préfecture, il voyait tous les matins M. le Préfet, mis lui-même aux arrêts, se faisant la barbe devant la fenêtre. Mais c'est là une invraisemblance aussi forte que celle de son départ pour Lorient, où son régiment l'attendait toujours. C'est la police qui l'attendait, et qui, treize jours après l'aventure du marmiton, l'arrêtait à Grenoble, au moment où il venait de négocier une fausse lettre de change à une maison de banque de cette ville.

XLIV

Soit qu'on ait voulu, par suite d'ordres venus d'en haut, ne pas ébruiter l'affaire de Montpellier et tout ce qui s'y rattachait ; soit que l'on n'ait vu en lui — mais la chose est inadmissible et la première version préférable — qu'un jeune homme entraîné par l'irréflexion, Collet ne fut condamné qu'à cinq ans de travaux forcés pour faux en écritures de commerce.

Il obtint, par la toute-puissance de l'argent et les démarches de sa famille, de subir sa peine dans la prison de Grenoble, bien traité, bien assisté, édifiant l'administration et la ville par sa piété et ses aumônes, attaché même au greffe de la prison comme auxiliaire. La fin de ses cinq ans allait arriver quand, en 1817, un officier, natif de Grenoble, reconnut dans l'aide greffier l'ancien comte de Borromeo, dont il avait été — quelle coïncidence ! — l'un des malencontreux aides de camp. Dénoncé et convaincu, car l'on n'avait plus à garder les mêmes ménagements que sous l'empire, Collet ramené à Montpellier où son identité devait être constatée, s'en alla finir au bagne de Toulon ce qui lui restait à subir de ses cinq ans. L'instruction sur ses crimes antérieurs ne put être poursuivie en temps utile, le dossier, déjà considérable, formé par la justice ayant été, disent les *Mémoires*, jeté au feu par lui-même un jour qu'il comparaissait devant le juge d'instruction, et maintenu, malgré les efforts des gendarmes, dans la cheminée jusqu'à complète combustion. Est-ce encore vrai?

Sorti du bagne, et soumis à la surveillance perpétuelle, il obtint de résider à Belley, où, pendant quelque temps, il vécut dans sa famille, grâce à lui confortablement établie. Puis il rompt son ban et disparaît. L'instruction le retrouve installé sous un faux nom à Toulouse, faisant valoir ses capitaux, achetant des propriétés et, pour ne pas démentir son passé, extorquant aux personnes charitables, qui le croient aussi riche que pieux, des sommes dont le total fut évalué à 80,000 francs. Les frères de la Doctrine chrétienne, deux grands vicaires, le comte de Lespinasse, etc., figurent au nombre de ses dupes qui s'imaginaient concourir, sous le sceau du secret, à des œuvres de propagande religieuse.

Dans le Tarn-et-Garonne, il passe pour un riche bourgeois et répand des bienfaits dans plusieurs communes.

A Périgueux, logé chez un commissaire de police, il s'appelle le comte de Goland, capitaliste et propriétaire de l'Ain, — achète une terre à Mme Jeannet-Lafond, veuve d'un magistrat de Bordeaux, répare des églises communales, possède un intendant, et, comme toujours, disparaît la poche pleine. Enfin, arrêté au Mans en flagrant délit d'escroquerie, à la suite de plusieurs spéculations immobilières, il avoue et révèle même, sans qu'on les lui demande, ce qu'il appelle « les fautes » de sa vie, et après une longue instruction nécessitée par les commissions rogatoires qu'il a fallu envoyer en France et en Italie, est, comme il est dit plus haut, condamné par la cour d'assises de la Sarthe, le 15 novembre 1820, à vingt ans de travaux forcés et à la marque.

XLV

Le malfaiteur est fini, il ne reste plus que le forçat légendaire. Conduit d'abord à Brest, dont le bagne ne lui fut pas trop rigoureux, car l'argent ne lui manqua jamais, non plus que le respect de ses compagnons de chaîne sur qui il semait les bienfaits, et qui, à raison de sa douceur, de ses mômeries et de son embonpoint ne l'appelaient que « monseigneur », il fut transféré au bout de cinq ans à Rochefort. La surveillance la plus active, les perquisitions les plus minutieuses, les médicaments les plus énergiques ne purent jamais faire connaître d'où lui venait l'argent qu'il distribuait en charités aussi abondantes que les conseils et les exhortations au bien. Ses camarades, dit le laborieux continuateur de l'*Annuaire historique* de Lesur, M. A. Fouguier, dans son recueil de causes célèbres, avaient pour lui une espèce de vénération. En 1836, un forçat incorrigible, du nom de Jacquemart, condamné à mort pour meurtre d'un garde-chiourme, adressa à ses compagnons placés à genoux autour de l'échafaud, selon la consigne des exécutions au bagne, l'allocution suivante :

« Camarades, ne faites pas comme moi,

www.ingramcontent.com/pod-product-compliance
Ingram Content Group UK Ltd.
Pitfield, Milton Keynes, MK11 3LW, UK
UKHW020351180726
13839UKWH00003B/1033